손님 2호

손님2호

발행일	2023년 4월 6일		

지은이	박진삼		
펴낸이	손형국		
펴낸곳	(주)북랩		
편집인	선일영	편집	정두철, 배진용, 윤용민, 김부경, 김다빈
디자인	이현수, 김민하, 김영주, 안유경	제작	박기성, 황동현, 구성우, 배상진
마케팅	김회란, 박진관		
출판등록	2004. 12. 1(제2012-000051호)		
주소	서울특별시 금천구 가산디지털 1로 168, 우림라이온스밸리 B동 B113~114호, C동 B101호		
홈페이지	www.book.co.kr		
전화번호	(02)2026-5777	팩스	(02)3159-9637

ISBN   979-11-6836-816-3 03810 (종이책)   979-11-6836-817-0 05810 (전자책)

(주)북랩 성공출판의 파트너

북랩 홈페이지와 패밀리 사이트에서 다양한 출판 솔루션을 만나 보세요!

홈페이지 book.co.kr   •   **블로그** blog.naver.com/essaybook   •   **출판문의** book@book.co.kr

작가 연락처 문의 ▶ ask.book.co.kr

작가 연락처는 개인정보이므로 북랩에서 알려드릴 수 없습니다.

이나르 소설

손님 2호

북랩

차 례

야생 동물원

새로 개장한 야생 동물원 '아미츄'에는 아침부터 많은 사람들이 몰려들었다. '도시 내에서 아프리카의 야생 동물들을 볼 수 있도록 하겠다'라는 시의 계획으로, 이 야생 동물원이 건립되어졌다.

한 달 전부터 광고를 해 오고 있었기에, 많은 사람들이 모여들 수 있었다. 사자, 얼룩말, 표범, 치타, 가젤 등 말로만 듣던 진귀한 아프리카의 육상 동물들을 이 동물원 안에서 볼 수 있었다.

우리에 가두지 않고 작은 들판에 풀어 놓고 있었으므로 동물들은 그런대로 자유스러웠다. 사람들은 인산인해를 이루며 동물들을 가까이서 직접 보았다. 그리고 쓰다듬기도 했고 먹이를 주기도 했다.

단짝 친구 사이인 나리와 민아도 봄나들이 삼아 이곳에 들렀다. 여러 동물들을 직접 눈으로 보고, 놀아 보고도 싶었기 때문이다. 사자와 치타 등을 실제로 보니 처음에는 설렜다. 매우 가까이서 사진도 찍고 직접 먹이를 주기도 하였다. 살짝 건드려 보기도 하고 새끼들을 안아 보기도 했다. 약간 놀라는 순간도 있었고 웃음을 터뜨린 순간도 있었다…. 그러나 그렇게 하다가 몇 시간 지나 그녀들은 집으로 돌아가기로 했다….

그녀들은 난생 처음으로 야생 동물원이란 곳에 다녀왔으나 그다지 만족스럽지 못하였다. 그녀들의 기대로는 사자와 표범, 치타 등의 동물들이 아프리카 초원에서처럼 평원에서 뛰어다니고 사냥하는 등의 자연스러운 장면을 볼 수 있을 줄 알았는데, 전혀 그렇지 않았기 때문이다. 이 동물원의 동물들은 하품만 하며 낮잠을 자거나, 느릿느릿 걸으며 굼벵이 같은 생활만 하고 있었다. 야생스런 모습을 전혀 찾아볼 수가 없었다. 마치 집에서 길들여진 가축 같았다. 그녀들의 실망이 이만저만이 아니었다. 불만 가득한 표정으로 돌아오는 그녀들의 입에선 볼멘소리만 터져 나왔다.

민아: 뭐가 그래? 야생 동물원이 아니라 동물 병원 같았어. 동물들이 죄다 끙끙 앓고 있는 것 같았어. 입장료가 아까워!

나리: 아, 정말 이상한 곳이었어…. 사자임에도 개처럼 널브러져 하품만 하고 있다니…. 사자에 대한 기대를 이제 버려야 하나?

민아: 웃기는 광경이었어. 치타가 개처럼 짖고 있다니 말이야.

둘 다 불평을 한마디씩 늘어놓았다. 내심 민아는 과장 광고에 속았기 때문이라고 생각했다. 국내 최초, 최대라고 과장시킨 문구들이 자기들을 현혹시킨 것이라고 생각했다. 그 광고는 나리가 맨 처음 꺼내어 보여 줬었다. 나리는 어딜 가든 이상한 것만 주워 온다고 민아는 생각했다. 나리는 그 광고를 엄마에게서 받았기 때문에 엄마 탓이라고 했다.

돌아오는 내내 그녀들의 걸음걸이는 지쳐서 힘이 없어 보였다.
불만이 고조되어 기력은 더욱더 떨어져 보였다.
곧 그녀들은 음식을 구입하기 위해 마트에 들렀다. 맛있는 음식으로 불만들을 누그러뜨리고, 기력까지 회복시키고 싶었기 때문이었다. 마트에서는 그나마 생기가 도는 것 같았다. 맛있는 음식들을 보면서 표정이 밝게 변했다. 피자, 도너츠, 젤리, 요거트 등 맛있는 음식들을 고르고 바구니에 담았다. "집에 가서 맛있게 먹을 수 있겠지…" 나리가 그렇게 말했다.

그리고 계산대로 향했다. 즐거운 기분으로 가고 있었다.
도중 나리가 문득 발걸음을 멈추었다. 나리의 옆으로 영상물 코너가 눈에 띄었다. 그 코너에는 갖가지 영화와 다큐멘터리들이 줄지어 늘어서 있었다. 나리가 발걸음을 멈추고 잠시 살펴보았다. 여러 종류의 영상물들이 질서 정연하게 전시되어 있었다.
나리가 다가가 보았다.

나리: 야, 이것 좀 봐.

민아: 뭐지?

민아도 가까이 다가왔다. 나리가 가리킨 곳에 여러 편의 영상물들이 보였다. 몇 가지 동물 영상물들도 전시되어 있었다. 사자 사진이 눈에 띄었다. 곧 나리가 꺼내 들었다.

나리: 야! 이거 어때?

민아: 동물 영상물인가?

사자와 치타 등의 육상 동물을 주제로 한, 최신의 영상물을 꺼내어 들었다. 실물로 보는 것보다 더 실감 나고 진귀한 장면들이 담겨 있다고 소개하고 있었다.

나리: 야, 이거 좋은데? 동물들이 여기도 나오잖아?

민아: 여기서도 사자, 치타가 나오잖아, 정말?

나리: 최신 발매품이라고 적혀 있어.

민아: 최신이라니…. 매우 좋을 것 같아.

나리: 이걸 구매한다면 사자, 치타에 대해 더 잘 알 수 있을지도 몰라.

민아: 정말 그럴 것 같아. 우리는 이것을 봄으로써 그동안의 불만을 해소할 수 있을지도 몰라.

나리: 아…, 그거 좋은데? 그럼 구입하자! 집에 가서 빨리 보도록 하자. 냉큼 사도록 해.

둘 다 구입에 동의했다. 집에 가서 빨리 보자고 하며 재촉했다. 바구니에 영상물을 담고 계산을 마친 후, 집으로 향했다. 실망과 불만이 금새 기대와 들뜸으로 변하면서 유쾌한 분위기가 연출되어졌다….

자연의 개척자

신나는 발걸음으로 집에 도착한 그녀들은 옷을 갈아입고 씻은 후, 거실로 향했다. 거실에서는 이미 민아의 동생 '한나'가 TV를 보고 있었다. '언니 왔어?'라고 인사를 했지만 민아는 급하게 보아야 할 것이 있다면서 대꾸도 없이 그녀를 일으켜 세웠다. 한나는 마지못해 일어났다.

영상물을 개봉하고 기기에 넣고 재생시켰다. 나리가 눈을 크게 뜨고 화면이 나타나기를 기다리고 있었다. 몇 분 지나자 화면 가득 아프리카의 대평원, '세렝게티'가 펼쳐졌다. 세렝게티는 아프리카의 대표적 평원 중 하나이다. 대부분의 육상 동물들이 서식하고 있다.

"언니, 이게 뭐야?"라고 한나가 말했다. 민아는 "응, 영상물이야. 동물 영상물이지."라고 대답했다. 한나는 눈을 동그랗게 뜨고 "왜 갑자기 이걸 봐야 해?" 하고 물었다. 민아는 단지 '중요한 것'이라고만 했다. 한나는 어리둥절해졌다.

화면에는 얼룩말들, 임팔라, 가젤들이 나왔다. 한가로이 풀을 뜯고 있었다. 곧 화면에 심취하며 민아는 말수가 적어졌다. 나리는 동물들의 이름을 몰라 이것저것 물었다. 민아가 그에 대해 대답해 주었다. 그러다가 그녀도 곧 화면을 보는 데에 집중하면서 침묵을 지키게 되었다….

......

사자가 사냥하는 장면은 매우 인상적이었다. 사자 세 마리가 작전을 세워 사슴처럼 생긴 가젤을 잡는 광경이 펼쳐졌다.

한 마리는 멀리 숨어 있고, 두 마리가 몰아가면, 숨어 있던 사자가 덮치는 작전이었다. 가젤은 도망치다가 이내 잡혔고 눈을 깜빡이다가, 숨을 거두었다. 사자들은 우르르 몰려들어 가젤을 뜯어먹기 시작했다. 민아가 그것을 보고 잔인하다고 눈을 감았으나 나리는 태연하게만 쳐다보며 "맛있게 먹는군."이라고 말했다. 나리는 저것이 자연계에서 일어나는 '자연스러운 일'일 뿐이라고 민아에게 충고했다. 그러자 민아도 그다음 장면에선 눈을 똑바로 뜨고 볼 수 있었다.

육식 동물은 초식 동물을 먹이로 하여 살아가고 있었다. 먹이는 풍부하나, 저마다 생존 본능이 투철하여 잘 피해 다니고 있었기에 육식 동물들의 먹이 구하는 일은 쉽지 않았다.

통계상으로 사자는 상당수가 굶어 죽고, 새끼는 생후 1년이 안 되어서 반 이상이 잡아먹히거나 실종되어 버린다고 했다. 문득, 먼 곳이 아닌, 가까운 주변에서 평범하게 볼 수 있는 생물들도 다 비슷한 유형의 생존 방식을 가지고 있을 거라고 민아는 생각했다. 나리가 미리 준비해 둔 과자를 야금야금 씹으며, 매우 흡족한 표정을 지었다.

나리: 역시 교양인들은 이런 영상물을 봐야 해. 그렇지 않아, 민아?

민아: 응. 정말 난 교양인이어서 그런지 눈을 뗄 수가 없어. 으음….

나리가 동물 다큐멘터리를 보고 감탄했지만 혼잣말로 중얼거리는 민아였다.

동물들은 인간들에게 많은 것을 가르쳐 준다. 그들은 단지 본능대로 살아갈 뿐이지만 인간들은 그것을 보면서 많은 것을 배울 수 있다. 인간은 '이성적 동물'이기에 보고, 분석하고, 깨우칠 수 있다. 나리는, 이 진지한 탐구와 관찰의 기록을 보고, 아무런 의문도 없다면 그는 머리가 텅텅 비었으리라 생각했다. 그래서 보고만 있던 그녀들에게 이렇게 질문을 던졌다.

나리: 으음…, 그런데 말이야, 동물들이 사냥하는 것…, 그건 먹이를 얻기 위해서잖아? 음…, 그런데 사람들도 가끔 사냥을 해. 그럼 그것도 먹이를 얻기 위해서일까?

사람들이 사냥하는 것도 먹이를 찾아다니는 것이냐고 물었다.

민아는 나리의 갑작스런 이 질문에 어리둥절해 하며 나리를 힐끔 쳐다보았다. 종종 그녀는 난감한 질문을 던져 상대를 곤란하게 하므로 이번에도 뭔가 걸려든 것 같다는 느낌이 순간 들었다. 하지만 민아는 당황하지 않고 이렇게 대답했다.

민아: 사람들이 사냥하는 것도 먹이를 찾으러 다니는 일이냐고? 그럼 먹이를 찾으러 다니는 게 아니면 뭐지? 길 잃은 개를 찾으러 다니는 것과 저녁 식탁에 올릴 멧돼지 한 마리를 잡으러 다니는 것은 다르잖아?

민아는 사람들이 사냥하는 것은 먹이를 찾으러 다니는 것이나 마찬가지라고 했다. 나리가 이어서 말했다.

나리: 응, 그렇긴 하지. 개를 찾는 것과는 분명 다르지. 하지만 사람들이 사냥을 한다고 할 때, 그건 일종의 특별한 음식을 추구하는 것 아닐까 생각해. 특별한 음식 말야.

민아: 뭐? 특별한 음식?

나리가 특별한 음식을 추구하는 것이라고 했다. 민아는 그게 무슨 뜻일까 궁금했다.

나리: 응. 그러니까 보통 먹는 음식들보다 더 맛있는 음식을 찾으러 다니는 것이지. 더 맛있는 것, 으음…, 인간들은 이미 먹고살기 위해 농사를 짓고 있잖아? 농사로 식량을 얻고 있어. 농사가 기본인 것이지.

민아: 음. 맛있는 음식…. 더 맛있는 음식…. 그렇다면 생존의 의미가 아니라, 특별한 맛을 추구하는 유흥의 의미라는 뜻이군?

나리: 그래. 내 말이 그거야.

민아: 음…, 그것도 일리가 있군. 유흥의 의미.

나리는 사람이 사냥을 하면 그것은 단지 특별한 맛을 추구하는 '유흥의 의미'라고 했다. 그래서 사냥을 한다 해도 동물들처럼 생존을 위한 활동이라고 보기 어려웠다. 애써 잡기는 하지만 단지 즐기기 위해 사냥을 하는 것이다. 민아는 일리가 있다고 하며 동감을 표시했다. 고개를 끄덕였다.

나리: 인간들은 단지 유흥의 의미로 사냥을 하는 거야. 인간들은 매일 먹는 밥으로는 부족하거든? 이것저것 잘 조합해서 새로운 요리를 만들어 내고 싶어 해. 맛이 다르니까 말이야.

민아: 응, 그런 것 같아. 요리로 다양한 맛을 연출하지. 이런저런 요리가 많아.

나리: 응. 인간은 먹고살기 위해 이미 농사를 짓고 있잖아? 그게 기본이야.

민아: 그래. 그렇지. 인간은 농사를 짓지. 농사를 지어서 식량을 얻고 있어. 농사는 사냥과는 종류가 달라. 음식을 얻는 방식이 다른 거야.

나리: 응. 그렇지.

인간들은 농사를 짓는다고 하였다. 농사를 짓는다는 것은 쌀이나 보리 등을 길러 내는 일을 뜻한다. 사냥과는 종류가 다르다고 했다. 민아는 농사로 식량을 얻는 것이, 인간의 생활에 필수적이라고 생각했다. 사냥은 계속 성공하기 어렵기 때문이다. 그런데 옆에서 듣고 있던 동생 한나가 이렇게 질문을 던졌다.

한나: 으음…, 그렇다면 말이야, 이런 의문이 생겨나…. 사람들은 농사를 짓고 있는데, 왜 동물들은 농사를 안 짓고 있지? 농사를 짓는다는 것은 무엇을 의미하길래 동물들은 농사를 안 짓는 것이지?

동물들은 왜 농사를 안 짓느냐고 물었다. 인간들만이 농사를 짓는다는 점에 의문을 표시했다. 고개를 갸우뚱거렸다. 민아는 친동생인 한나의 그런 질문이 약간은 당황스럽게 느껴졌다. 동물 영상물을 제대로 보았기에 그런 질문이 나온 것인지, 아니면 나리의 말에 괜히 토를 달고 싶어서 그런 질문이 나온 것인지 알 수 없었다. 엉뚱한 질문처럼만 느껴졌다. 처음 질문을 던졌던 나리가 그에 대해 다음과 같이 대답했다. 민아는 옆에서 가만히 들었다.

나리: 왜 사람들만이 농사를 짓냐고? 사람들만이 농사를 지을 수 있지. 왜냐하면 말이야, 으음…, 농사란 씨앗을 뿌리고, 물을 주고, 햇볕을 쬐어서 작물을 자라나게 하여 식량을 얻는 것을 뜻하지. 그런데 그건 금방 이루어질 수 없는 거잖아? 오랜 시간과 공을 들여야

해. 오랜 노력으로 가능해질 수 있는 거야. 사람들은 그런 노력을 할 수 있어. 하지만 동물들은 못 하지. 그러므로 동물들은 농사를 못 짓는 것이지. 알겠니?

한나: 응. 그렇구나. 오랜 노력. 오랜 노력이라니…. 열심히 일하는 건가?

민아: 동물들은 그런 노력을 못 하겠지. 인간들만이 그런 노력을 할 수 있는 것이겠지. 물론 그럴 거야.

오랜 노력으로 인간들은 농사를 지을 수 있다고 했다. 작물은 씨를 뿌리고 수확하기까지 오랜 공을 들여야 한다. 동물들은 그렇게 할 수 없다고 나리는 강조하였다. 한나가 고개를 끄덕였다.

나리: 이해가 되는구나?

한나: 응, 이해가 돼.

민아: 나도 이해가 돼. 그렇게 보니 동물들이 불쌍해. 자연계에 존재하는 먹이를 늘 찾아다녀야 하니까….

한나: 동물들은 언제나 자연계에 있는 먹이에만 의존해야겠군?

나리: 응, 그렇지. 그럴 수밖에 없지. 동물들은 매번 먹이를 찾기

위해 많은 곳을 누비고 다녀야 해.

한나가 이해한다는 표정에 나리는 흡족함을 표시하였다.

먹이를 자연 속에서 찾아내야 하는 동물들보다, 먹이를 길러 내는 인간이 더 뛰어나다는 것이 드러나 보였다. 인간이 손쉽게, 그것도 먹이를 많이 구할 수 있음에 한나는 감탄하였다. 나리가 이어서 이렇게 말했다.

나리: 음, 하지만 일단 노력에 관한 문제보다 더 분명한 사실은, 동물들은 인과 관계를 파악할 수 없다는 점이야.

한나: 뭐? 인과 관계?

민아: 인과 관계?

나리: 응, 인과 관계.

인과 관계를 동물들은 파악할 수 없다고 했다. 인과 관계란 원인과 결과에 대한 원리를 의미한다. 어떤 원인이 있어서 결과가 생겨난다.

나리: 즉, 씨앗을 뿌리고, 물을 주면 자라난다는 개념을 동물들은 모르는 것이지. 동물들은 식물이 자라나도 그게 왜 자라나는지 모르는 거야. 어제 조그마하던 것이 오늘은 훌쩍 커져 있거든? 그걸 보고

도 왜 그런지 이유를 묻지 않아.

한나: 동물들은 식물이 자라나도 이유를 묻지 않아?

나리: 응, 묻지 않아. '그런 게 있는가 보다'라고 생각하는 거지. 하지만 사람들은 알아. 씨앗이 양분을 받고 자라난다는 사실을 아는 거야. 그걸 알기 때문에 농사를 지을 수 있는 것이지.

한나: 아, 그렇군. 씨앗을 뿌리면 자라난다는 것을 알기에 사람들은 농사를 지을 수 있는 것이군….

나리: 그래. 그렇지.

인간들은 씨앗이 자라나 열매를 맺는다는 것을 알고 있기에 식물을 기를 수 있다고 했다. 씨앗이 열매의 원인이라는 것을 아는 것이다. 단지 노력할 수 있기 때문에 식량을 얻을 수 있는 것은 아니었다. 한나는 동물들이 무지하다는 사실을 당연히 알고 있었지만 나리의 의견에 맞추어 반문했다. 나리가 계속해서 이렇게 말했다.

나리: 비단 농사뿐만 아니라, 젖소를 키우거나 닭을 키우는 것도 장기적인 경과를 알기 때문에 가능한 거야. 우유나 달걀을 만들어 내도록 가축을 종용하는 거야. 사료를 주면서 알을 낳을 때까지 기다리거나, 젖이 나올 때면 빨리 젖을 짜내는 것이지. 젖소나 닭을 먹이랍시고 즉석해서 잡아먹는다면 우유나 달걀이 어떻게 생산되어

나올 수 있겠어? 안 되지.

한나: 맞아, 생산되어 나올 수 없어. 동물들은 보자마자 잡아먹어. 먹이를 잡아먹는 것에 너무 급급해…. 탐욕적이어서 그런가?

나리: 응. 그렇지. 성급한 거야. 탐욕적이라고 할 수 있지. '그 먹이를 좀 더 이용해 볼 수 있는가'를 생각해 보질 않아.

민아: 으음…, 그래서 동물들은 자연계에 존재하는 먹이에만 의존하게 되고, 그 반면에 인간들은 자연계에 존재하는 먹이를 육성시켜, 양을 무한대로 만들 수 있는 것이군.

나리: 그래. 그렇지. 무한대로 만들어 내지. 축산들은 다 이런 것에 속해. 물고기도 기르지.

동물들은 먹이가 보이는 즉시 잡아먹는다고 하였다. 인간들은 이성적이어서 자연의 산물들을 일회성 먹이로 생각하지 않는다. 개량하고 양을 증식해 나갈 수 있다고 했다.
금방 잡아먹는다면, 다 사라져 버릴 것들을 풍부하게 만들어 놓는 것이다. 자연에 제한된 양에 의존하는 동물들과, 자연을 개량하여 육성시키는 인간들은 서로 비교되어 보였다.

한나: 먹이를 육성시키는 인간은 굶을 필요가 없군.

나리: 응, 인간은 굶을 필요가 없어. 굶주림에서 해방되었지. 그래서 특별한 맛을 추구하지.

민아: 자연을 개량하여 양을 무한대로 만드는 인간…. 인간은 동물들 중에서 역시나 특별하군.

나리: 응, 인간은 자연의 훌륭한 개척자야.

민아: 아, 그렇군.

나리: 이성적 동물인 인간이기에 자연을 개척하고 다른 동식물들을 통제할 수 있는 거야. 자연은 인간들에 의해서만 개발될 수 있지.

인간은 굶주림에서 해방되었다고 했다. 먹이를 찾아 헤매는 동물들이란 어리석고 초라해 보일 뿐이었다. 단지 생존 본능만 가지고 있는 동물과 달리 인간의 호기심과 탐구 의지가 부각되어 보였다. 인간은 자연의 훌륭한 개척자였고, 모든 동식물들을 통제하는 지배자였다.

한편, 한나는 인간의 먹이 습득 능력이 좋은 것만은 아니라고 생각하게 되었다. 왜냐하면 지나치게 풍족하면 음식을 버리는 경우가 더 많기 때문이었다. 집안 냉장고의 음식들은 '언젠가 먹겠지' 하고 쟁여 두고 있지만, 사실상 때가 되면 버릴 것들이다.
지난 시절 그녀의 어머니는 많은 음식들을 버려왔다.

김치, 두부, 샐러드, 우유, 피자 등 한때 맛있게 먹고 평가 절하된 음식들이 냉장고로 향했다. '다음에 먹을 수 있겠지' 하고 기다렸지만 그런 날들은 오지 않았다. 생산을 어렵게 하고 운반을 열심히 하고, 요리 및 보관까지 하다가 결국 버리게 된다는건, 인간의 지능이 아직 미흡하기 때문이라고 그녀는 생각했다….

생산과 보급

그녀들이 보고 있는 화면에는 영양의 일종인 '가젤'들이 한곳에 모여, 휴식을 취하고 있는 모습이 보여졌다. 여유롭게 풀을 뜯거나, 서로 털을 비비면서 정을 나누고 있었다. 무리에는 새끼 가젤들도 있었다. 그들은 어미에게서 떨어지지 않으려 했다. 어미가 조금이라도 이동하면 곧장 따라붙었다. 초롱초롱 눈망울들이 초식 동물의 순진함을 나타내 주는 듯했다. 새끼들은 서로를 핥고 있었다.

침이 뚝뚝 떨어지며 더러운 광경을 연출하고 있었다. 한나는 더럽다는 듯이 인상을 찌푸렸다.

화면이 바뀌어, '리카온'이라 불리는 들개 무리들이 나타났다. 이들은 사냥에 성공하여 먹이를 열심히 섭취하고 있었다. 열댓 마리가 몰려들어 가젤을 뜯어먹고 있었다. 사냥한 곳은 보금자리와 멀리 떨어져 있었다. 먹이는 그들이 다 섭취하지 않았다.

몇 마리가 먹이를 일부 물고 보금자리가 있는 곳까지 갔다. 그리고 뱉어 내자, 보금자리를 지키는 들개들과 새끼들이 우르르 모여들어 그 먹이를 섭취하였다. 서로 협조하고 있었다.

한나는 그 장면들을 보고 다시 궁금증을 가지게 되었다. 가젤의 새끼들이 어미에게서 떨어지지 않으려는 모습…. 그리고 들개의 새끼들이 먹이를 섭취하는 모습…. 거기서 한 가지 의문이 생겨나게 되었다. 한나의 질문으로 대화는 계속해서 감상과 논의를 오가는 분위기를 이어가게 되었다.

한나: 으음…, 새끼들이 멀리 떨어지려 하지 않는군. 계속 붙어 있으려고 해. 그리고 어미가 가져다준 먹이를 받아먹고 있어. 으음….

나리: 새끼들은 사냥을 못 하니까 어미가 챙겨 줘야 해.

한나: 응, 그렇겠지…. 먹이를 구할 수 없으므로 챙겨 줘야겠지. 당연히 그렇겠지. 으음, 그런데 새끼가 아니라면 저마다 자신의 먹이를 찾아다녀야 하겠지? 모든 동물들이 그럴 거야. 살기 위해선 말이야. 하지만 사람들은 먹이를 직접 찾으러 다니진 않잖아? 직접 생산해 내지는 않아. 왜 그렇지?

인간들은 직접 먹이를 구하러 다니지 않는다. 직접 농사를 지으며 쌀을 생산해 내지 않는다. 동물들이 자신의 먹이를 찾아다녀야 하는 것에 비하면, 다른 점이었다. 이런 대조가 한나에게 의문을 품게 만들었다. 나리의 설명을 무엇일까 궁금했다. 나리가 대답했다.

나리: 응, 사람들은 직접 먹이를 찾으러 다니진 않아. 스스로 식량을 만들어 내는 사람은 드물지. 농사를 짓거나 가축을 기르는 사람들은 시골에서만 볼 수 있지.

한나: 음, 그래. 그렇지. 그러니까 모든 사람들에겐 식량이 필요한데, 왜 식량을 생산해 내는 사람들은 소수이지? 왜 그렇지?

한나가 다시 이유를 물었다. 모든 사람들이 식량을 생산하거나 구하러 다니지 않는 이유는? 나리가 이렇게 대답했다.

나리: 음…, 그건 말야, 으음, 일단 사람들의 생산은 대량으로 이루어지잖아? 논이나 밭에서 대량으로 생산되어 나오고 있어. 대량이란 건 말야, 한 사람이 생산해 내고도 양이 넘친다는 것을 의미하지. 자기 몫을 챙기고도 남는 거야. 그러므로 한 사람이 생산해 낸다해도 여러 사람이 배불리 먹을 수 있게 되는 거야. 모두에게 공급하는 것이지.

한나: 아…, 그렇군. 한 사람이 식량을 대량으로 생산해 내어 보급하니까, 나머지 사람들은 식량을 생산해 낼 필요가 없는것이군….

나리: 응. 그렇지. 대량 생산하여 보급하고 있지. 동물들과 다른 점이지.

한나가 고개를 끄덕였다. 사람들은 식량을 직접 생산해 내거나 찾지 않아도 된다. 사회 속의 누군가가 식량을 생산해 내면 다른이들에게도 식량을 공급해 줄 수 있기 때문이다. 그만큼 대량으로 생산되어 나온다. 동물들과 다른 점이라고 했다. 나리가 계속해서 이렇게 말했다.

나리: 원시 시대 땐 아마 각자가 자기 식량을 생산해 내는 데 열중했을 거야. 자기것은 자기가 찾아 먹어야 했겠지. 하지만 시간이 갈수록 사람들이 집단을 이루어 생활하게 되면서 식량 생산을 전문으로 하는 사람들이 생겨난 거야. 농촌으로부터는 쌀이나 보리가 생산되어 나오고, 목장에선 우유가, 그리고 양계장에선 계란이 생산되어 나와서 공급되고 있어. 그것도 대량으로 말야.

한나: 아, 대량으로 생산되어 나오고 있군. 그래서 많은 사람들에게 보급되고 있군.

나리: 응, 대량으로 보급되고 있어.

한나: 대량 보급이라니…. 참 대단한 것 같아. 그만큼 실력을 갖추고 있다는 걸 의미하겠지? 실력이 없이 대량이란 건 불가능할 거야.

나리: 응, 그렇지. 실력을 갖추고 있는 것이지. 전문가들이 배치되어 있는 거야. 그들은 식량을 어떻게 생산해 내고 관리해야 하는지 알지.

민아: 그들 덕택으로 식량 걱정은 하지 않아도 되는구나.

나리: 응, 그렇지.

인간들은 집단생활을 하게 되면서, 식량을 전문으로 생산하는 사람들이 생겨났다고 나리가 말했다. 그들이 공동체 내에서 식량을 담당하는 것이었다. 그들은 전문적인 기술을 가진 전문가들일 거라고 하였다. 한나가 계속해서 질문을 던졌다.

한나: 그렇다면 식량뿐만 아니라 다른 모든 것들도 대량 생산 되어 나오는 것이겠지? 아주 많은 것들이 있잖아?

민아: 다른 모든 것들도? 당연히 그렇지.

나리: 응, 물론이지. 거의 모든 필요한 것들이 대량으로 생산되어 나오지. 의류, 생활 도구, 전자 제품 등이 대량으로 생산되어 나오고 있어. 굳이 대량이 아니더라도 지속적으로 같은 종류의 물건을 만들 수 있다는 것이지. 재료가 투입되고 일꾼들의 능력이 유지되는 한 말이야.

한나: 아, 그렇군…. 다른 것들도 대량을 생산되어 나오는군. 그렇군. 매우 편리해….

한나가 고개를 끄덕였다. 식량뿐만이 아니라 모든 상품이 대량으로 생산되어진다고 했다. 재료가 투입되고 인력이 있는 한 대량 생산은 가능하다고 했다.

한나: 우리 주위의 많은 소유물들과 소모품들이 다 어디선가 공급되어 오고 있는 것이었구나

나리: 응, 그렇지.

한나: 매우 바람직해 보여. 그리고 편리해 보여. 전문가들이 있다는 것, 대량으로 생산되어 나온다는 것. 그들의 생산 능력으로 풍족해질 수 있는 것 같아.

나리: 응, 물론이지. 인간들은 식량을 생산해 낼 필요도 없고, 다른 것들도 마찬가지야. 매우 흐뭇한 사실이지.

대량 생산 체제란, 같은 제품을 지속적으로 생산해 낼 수 있는 공장과 기술, 인력이 있음을 뜻했다. 그로 인해 사회 속은 풍요로워지는 것 같았다. 한나는 이 대량 생산 체제에 뿌듯함을 표시하였다. 한나가 질문을 이어갔다.

한나: 그런데 대량 생산하는 이들은 아무에게나 그것을 무료로 나누어 주나? 그건 아니겠지?

'아무에게나 무료로 주는가'라고 물었다. 무료로 주지 않는다는 것

을 당연히 알고 있었지만 나리의 대답이 궁금했다. 나리는 이렇게 대답했다.

나리: 아무에게나? 아니야. 그냥 나누어 주진 않지. 생산이란 그 과정이 어려운 것이고, 투자되는 것도 많아. 여유롭지 않는 이상, 그냥 나누어 준다는 것은 손해일 뿐이지.

한나: 아, 정말 그렇겠군. 손해일 뿐이겠어….

민아: 무료로 나누어 준다면 자기만 희생하는 거니까 오래가지 못할 거야.

나리: 응, 그렇지. 당연한 사실이지.

무료로 나누어 주지 않는다고 했다. 무료로 나누어 주면 자기 손해일 뿐이라고 했다. 민아는 옆에서 듣다가 가끔씩 끼어들었다.

한나: 으음…, 그럼 자기 것을 주고 상대방의 것을 얻어 온다면 보충하는 의미가 있겠는걸? 자기 손해만 나진 않을 것 아냐?

나리: 응, 물론이지. 자기 것을 주고 상대방의 것을 얻어 오게 되는 게 보통인 거야. 그렇게 하여 손해는 없게 되지. 손해가 없을 뿐만 아니라 이득인 것이지. 왜냐하면 남의 것은, 대개 자신이 생산할 수 없는 것이니까.

한나: 뭐? 자신이 생산할 수 없는 것?

민아: 자신이 생산할 수 없는 것이라면….

나리: 응, 자신이 생산할 수 없는 것.

상대방의 것을 얻어 오면 이득일 거라고 했다. 자신이 생산할 수 없는 것이기 때문이라고 했다. 그에 대해서 다음과 같이 말해졌다.

나리: 그러니까, 우리 사회엔 많은 분야들이 있잖아? 여러 분야들이 공존하고 있어. 여러 분야에서 서로 다른 능력을 가진 사람들이 있지. 그러므로 '주고받는다'란 것은, 자기가 생산해 낼 수 없는 것을, 자기가 생산해 낸 것들로 바꾼다는 것을 의미해. 서로 필요해서 바꾸는 것이지.

한나: 아, 서로 바꾸는 것이구나….

민아: 생산해 낼 수 없는 것을 얻으려 하는군.

나리: 응, 능력이 달라서 바꾸면 좋은 거야. 바꾼다는 것은 '교환한다'라는 것이지. 농촌에서 생산되어진 쌀을, 내가 생산한 어떤 것과 교환하는 것이지. 서로 능력이 달라서, 결과물을 맞바꾸면 좋기 때문에 교환을 하지 않을 수 없지. 아, 물론 사회 속에서 교환한다는 뜻이지.

한나: 아, 교환…. 교환으로 서로 좋은 것이구나.

자기 분야에서 생산해 낸 것들을, 다른 분야의 생산물들과 맞바꾼다고 하였다. 이것을 '교환'이라고 하였다. 인간은 교환을 하고 있었다. 서로 능력이 달라서 교환하면 좋은 것이라 하였다. 어떤 물품이나 편의를 얻는다는 것은 무료로 이루어지지 않으며 교환을 통해 사회 속에서 가능한 것임을 나타내고 있었다.

나리: 으음…, 누군가는 의류를 생산해 내고 있어도, 우유를 얻을 수 있어. 교환으로 말이야.

민아: 아, 어떤 일이든 하고 있다면 식량 걱정은 하지 않아도 되는군?

나리: 응, 그렇지.

한나: 교환이 아니었다면, 자기 것을 자기가 누렸을 뿐이겠지?

나리: 그래. 그렇지. 교환이 아니라면 자기가 생산해 낼 수 없는 것을 얻을 수 없지. 사람의 능력은 한정되어 있으니까….

한나: 아, 뿌듯한 사실이야. 교환을 한다는 것…. 그럼 다 교환으로 얻어지는 것이군. 자기가 생산해 낸 것 외엔 다 교환으로 얻어지는 것이구나?

나리: 응, 그렇지. 여러 물품들을 다양하게 소유할 수 있는 것도, 다 교환 때문이야. 교환으로 인해 풍부해지는 것이지.

한 분야에 몰두해 있어도 다른 분야의 생산물들을, 교환을 통해서 얻을 수 있었다. 사회란 여러 분야에서 일하는 사람들이 모여서 교환을 통해 서로의 결실을 나누는 곳이었다. 한나는 또다시 뿌듯하다는 표정을 지었다. 그리고 질문을 이어갔다.

한나: 아, 그렇다면 교환은 어떻게 하지? 서로 다른 분야의 사람들이 어떻게 만날 수 있지?

'교환이 어떻게 이루어지는가'라고 물었다. '교환이 구체적으로 어떤 과정을 통해서 이루어지는가'라는 물음이었다. 나리가 대답했다.

나리: 교환이 어떻게 이루어지느냐고? 교환은 의사소통을 통해서 이루어지지. 의사소통 말이야.

한나: 의사소통?

나리: 응. 교환은 서로 다른 분야의 사람들이 만나서 의사소통을 통해서 이루어지는 거야. 협상을 하는 것이지.

교환은 의사소통을 통해 이루어진다고 했다. 자기의 뜻을 전달한다는 의미였다. 나리는 구체적으로 그런 예를 들어 설명했다.

나리: 예를 들면, 간단히, 쌀을 생산한 사람과 치즈를 생산한 사람이 있어. 한쪽이 다른 쪽의 것을 필요로 하지. 그래서 쌀을 생산한 사람이 이렇게 말하지. '내가 기른 쌀이 넘쳐 나는데, 이러저러한 조건으로 당신이 생산한 치즈와 교환하지 않겠소?' 이런 제안을 받은 치즈 생산자는 곧바로 '좋소. 그렇게 교환합시다. 쌀을 건네주시오.' 이렇게 승낙하게 되는 거야. 물론 거부할 수도 있겠지. 거부하면 교환이 안 되는 거야. 승낙하면 서로 원하는 것을 얻게 되어 기쁜 것이지. 으음…, 다른 사람과 다른 식으로 교환을 할 수도 있겠지.

한나: 응, 그렇구나. 서로 의사소통을 통해서 교환을 하는구나. 말을 잘해야 하는군. 상대방에게 잘 다가가야 해.

나리: 응, 그렇지. 그래서 우리가 사회 속에서 얻는 모든 물건과 편리함들은 이런 식으로 얻는 거야. 교환으로 자기가 생산해 내지 못하는 물건들을 얻을 수 있게 되는 거야.

한나: 아, 그렇구나. 협상을 통한 교환으로 여러 분야의 물품들을 얻을 수 있게 되는 것이구나.

민아: 으음, 그렇군.

교환은 자신의 생산물을 다른 생산물들과 협상 하에 바꾸는 것이었다. 의사소통을 할 수 있기 때문에 자신의 생산물들을 다른 사람들에게 알릴 수 있고, 적절한 가치를 매기고 상대방에게 요구할 수 있다는 뜻이었다. 이에 대해 한나가 다음과 같은 질문을 던졌다.

한나: 음…, 그런데 교환을 한다고는 하지만 자기 분야에서 생산해 낸 것을 들고 다니며 교환하지는 않잖아? 그런 교환은 없는 것 아닌가?

나리: 응, 그런 교환은 없지.

한나: 그러니까, '교환을 한다'라고는 해 왔는데 실제로는 교환을 해 본 적은 없는 것 같아. 물건은 다 돈을 주고 사지. 돈과 교환하는 것인가?

나리: 으음…, 지금은 직접적인 교환은 거의 사라졌기 때문이야. 대부분의 생산 결과를 돈으로 환산하지. 자기의 생산물이란 결국 돈이 되는 거야. 돈이라 해도 결국 '교환'인 셈이야. 다른 분야의 물품과 바꾼다는 점에선 변함이 없거든.

한나: 응, 그렇구나. 돈은 자기가 일한 결과물이니까 결국 다른 분야의 물품과 바꾼다는 사실엔 변함이 없는 거네….

나리: 응, 그렇지. 돈은 매우 편리한 매개체지. 일한 만큼 저장할 수도 있어.

한나: 응, 그렇군.

나리: 다른 사람에게 줄 수도 있어.

한나: 아, 줄 수도 있군….

현대 사회는 돈으로써 교환을 가능케 한다. 돈은 각자의 결실을 정확한 액수로 평가한다. 그래서 생산의 결실을 직접 나누지 않고, 돈으로만 나눌 수 있게 된다. 따라서 공평하고 편리한 교환이 이루어지도록 하는 매개체 역할을 한다.

돈은, 또한 저장을 가능케 하고 누군가에게 빌려줄 수도 있는 기능을 가지고 있다고 했다. 이자를 받으면 돈으로 돈을 모을 수도 있는 것이었다.

한나: 사회 속에서 많은 것을 누리면서 사는 것 같아. 식사를 하고, 놀이공원에도 가고, 음악 감상도 할 수 있는 게 다 교환 때문이야.

나리: 그래, 그렇지. 매우 풍요로워져 있지. 한 분야에 종사하지만 다른 분야를 누릴 수 있게 되면서 풍요로워지지.

한나: 매우 흐뭇한 일인 것 같아. 교환을 한다는 것.

나리: 교환은 인간들만의 양식이야. 단조롭게 사는 동물들은 교환을 안 해. 아니, 못해. 인간들만이 교환을 할 수 있지.

한나: 아, 인간들만이 교환을 할 수 있는 것이구나.

나리: 응, 그렇지. 인간들만이 사회 속에서 교환을 해.

사회 속에서 많은 것을 누리며 산다는 사실이 부각되었다. 사회가 없었다면 인간들은 동물들과 같이 단조로운 삶을 살았을 것이라고 나리는 말했다.

한나는 자기가 맛있는 음식을 먹거나 영화를 보거나 책을 볼 수 있는 것도 다 교환 덕택이란것을 알게 되었다. 항상 구입 후 손해라는 느낌을 지울 수 없었던 그녀에게 구입은 새로운 매력으로 다가왔다. 구입이란 단지 돈을 지불하고 물건을 얻는 것이 아니라, 자신이 생산한 어떤 것을 다른 분야의 어떤 것과 교환하고 있다는 사실을 망각해서는 안 되는 것이다. 번화가를 자주 다니며 멋진 옷과 신발들에 매료되었지만, 구입은 망설여 왔다.

이제 이런 교환에 대한 생각이 새로운 길잡이가 될 수 있을 것 같았다. 한나는 아직 생산해 내고 있는 것이 없지만, 빨리 전문 분야를 찾아 모두가 부러워하는 것을 생산해 내어야겠다고 생각했다.

최대의 효과

그녀들이 보고 있는 화면에는 한가로운 풍
경이 보여지고 있었다.

파아란 하늘에 구름이 두둥실 떠다니고 있었고, 평원 위로 물소
떼들이 이동하고 있었다. 사자들은 멀찌감치서 그들을 지켜보고 있
었다. 나리가 계속해서 교환에 대해 이렇게 말했다.

나리: 음, 그런데 교환을 할 때 일어나는 문제는 뭐겠어? 내가 생
산한 치즈랑 누군가가 생산한 옷이랑 교환하려고 해. 그 사람이 쉽
게 교환해 줄까?

한나: 음, 글쎄…. 그건 모르지. 교환을 해 줄지, 안 해 줄지. 아마
그 사람이 치즈를 얼마만큼 가치 있게 보느냐에 달렸겠지. 치즈 한
조각과 옷 한 벌을 바꿀 순 없잖아?

나리: 응, 그렇지. 그 둘을 바꿀 순 없어. 서로 가치가 다른 거야.

한나: 응, 달라. 그래서 서로 맞추어야겠지?

나리: 응, 맞추어야 해. 서로 가치가 다르므로 맞추어야 해. 균등하게 맞추기 위해 타협해 나가야 해. 한쪽이 손해가 나는 경우가 생겨서는 안 되는 거야.

한나: 한쪽이 손해가 나서는 불공평하다고 느낄걸?

나리: 응, 물론이지. 그런 경우가 있어선 안 되지. 공평하지 못하다면 올바른 교환이라 할 수 없지. 양쪽의 가치를 균등하게 맞추어 교환이 이루어지도록 해야 하는 거야. 이미 돈에 대해 말했지만, 돈이 그런 기능을 할 거야.

민아: 응, 당연히 그래야겠지. 양쪽이 공평하게 주고받아야겠지.

교환이 제대로 이루어지기 위해선 양쪽의 생산물이 동일한 가치를 가지게끔 양을 조절해야 한다고 했다. 한쪽이 손해가 나는 경우가 생긴다면 올바른 교환이 아니라고 했다. 현대 사회에서는 가격으로 모든 물품과 편의에 대해 양을 자동으로 조절한다. 나리가 계속 말했다.

나리: 그런데 가치란 것은 다소 주관적이야. 왜냐하면 서로 요구

하는 정도와 만족도가 다르거든? 어떤 사람에겐 절실한 것이 다른 사람에겐 불필요한 것이 되어 있을 수도 있어.

한나: 정말 그렇겠는걸? 나는 그다지 필요하지 않은 것이 누군가에겐 절실한 것이 될 수도 있겠는걸? 아, 그럼 가치도 달라지겠는걸?

나리: 응, 그렇지. 가치가 달라지지. 나에게 절실한 것이 누군가에게서 별것 아닌 양 내다 팔리고 있다면, 자기에게는 가치가 높고, 그 사람에게는 가치가 낮은 것이 되지. 그것을 얻을 때는 행운인 거야. 저렴하게 좋은 것을 입수하게 되는 것이니까.

민아: 아…, 서로 요구하는 정도가 달라서 가치도 달라지는 것이군.

나리: 응, 가치가 달라지는 거야. 그러므로 서로 절실한 것을 쉽게 얻어 올 수 있다면 최상의 교환이 되는 거야. 건네주는 것은 풍부한 것이고, 얻어 오는 것은 절실한 것일 때, 최상의 교환이 될 수 있는 거야.

한나: 정말 그렇겠는걸? 필요로 하는 것을 얻어 오고, 남아도는 것을 주어야겠군.

나리: 응. 서로 그렇게 한다면 최상의 교환이 될 수 있는 거야.

가치란 주관적이라고 했다. 서로 만족하는 정도가 다르다고 했다. 자기에게 남아도는 것이 누군가에게는 부족한 것이 될 수도 있고 그 반대일 수도 있다고 했다. 서로의 요구가 맞아떨어질 때, 최상의 교환이 될 수 있다고 했다. 교환이란 서로 좋은 것을 별 어려움 없이 입수할 수 있게 될 때 최상이 된다고 할 수 있었다. 나리가 이어서 이렇게 말했다.

나리: 그런데 교환은 공평하게 이루어지기 어려워. 왜냐하면 사람들은 교환을 할 때, 서로 자기가 유리한 쪽으로 끌고 가려고 하거든? 자기 이익을 더 챙기려고 하는 거야. 자신이 생산한 것에 대해 최대의 효과를 누리려고 하게 되지.

한나: 최대의 효과?

나리: 응, 최대의 효과. 자기가 생산한 결과를 쉽게 처분하기 아까우니까 될 수 있으면 많은 효과를 얻고 싶어 하는 거야. 그래서 종종 교환은 단순히 물건을 주고받는 것이 아니라 이익을 낼 수 있는 형태로 되어 가고 있는 거야.

한나: 이익? 이익을 어떻게 내지?

나리: 그러니까 교환 그 자체로 이익을 얻으려고 하는 것이지.

교환은 순조롭지 않으며 자기 이익을 더 챙기려고 하는 경우가 발생한다고 하였다. 때로는 교환 그 자체로 이익을 얻어 내려고 하는 경우가 생긴다고 했다.

나리: 사실상 교환만 잘하면 횡재할 수 있거든? 자신은 초라한 것을 생산해 놓고도, 교환할 때는 더 좋은 것을 얻어 오면 되는 거야.

한나: 정말 그렇겠는걸? 바꿀 때 잘 바꾸면 되는 것 아냐? 아주 초라한 것을 생산해 내 놓고도 바꿀 때가 되면, 좋은 것이라고 선전해 놓으면 되는 것 아냐?

나리: 응, 그렇지. 교환은 협상이니까, 빈틈이 많은 거야. 그러니까 누구나 교환에 몰두하는 거야. 생산에 몰두하기보다, 교환에 몰두하여 편하게 이득을 취하려고 하는 것이지.

민아: 정말 그렇게 된다면 교환이 또 다른 '생산'이 되어 버리겠군. 교환을 통해서 얻어지는 것이 있으니 말이야. 그런 경우는 이기적이라고 할 수 있겠군.

나리: 이기적인 거야. 교환에는 그런 이기성이 배어 있지. 그래서 아쉽지….

교환은 그 자체로 이익을 얻어 내는 수단이었다. 누구나 적은 노동으로 많은 것을 얻어 내려고 하기 때문에, 자신의 것을 주는 대신 더 좋은 것을 얻어 오려고 한다. 쓸모없는 것을 생산해 놓고도, 요구하는 사람이 있다면 그 사람에게서 많은 것을 얻어 오려고 한다. 비싼 가격을 매길 수 있다면 당연히 매긴다. 사람들은 교환의 그런 장점을 놓치지 않는다. 그래서 교환은 때때로 요행을 바라는 행위가 되기도 한다고 하였다. 교환은 서로 타협하여 좋은 것을 얻을 수 있는 양식만은 아니었다. 꾀를 잘 부릴수록 원래의 교환보다 더 이익을 얻어 낼 수 있는 양식이었다. 이기성이 배어 있다고 나리가 말했다.

한나: 교환이 그런 특징을 가지고 있다니 아쉬운 일이군. 그렇다면, 모든 교환이 이기적이어서 서로 요구하기만 한다면, 만족스런 결과를 낼 수 있을까? 그렇게 된다면 교환이 제대로 안 될 것 같은데?

나리: 음, 물론 안 되지. 서로 최상의 결과를 바라기만 한다면 교환은 잘 안 되고 말 거야. 다툼이 될 뿐이겠지.

민아: 다툼이 될 뿐일 거야….

나리: 그러니까 교환은 서로 요구하되 상대방의 조건에 따라 자신의 요구도 줄일 수 있어야 해. 그렇게 해서 알맞은 선을 찾아야지.

한나: 음, 그럴 거야. 서로 조절해 나가지 않는다면 아무 교환도 안 될 것 같아. 그러니까 교환이란, 서로 많이 얻어 내려고는 하지만, 한편으론 적절한 양보를 통해서 서로 절충해 나가는 것이구나?

나리: 그래, 그렇지. 서로 절충해 나가야 하는 것이지.

한나: 그렇군….

이기성을 무작정 발휘할 수는 없다고 했다. 자신의 것을 아끼기만 한다면 교환이 안 될 거라고 했다. 서로 양보하면서 조절해 나가야 한다고 했다. 절충하며 서로 흡족한 선에 도달해 가야 하는 것이었다. 나리는 다음과 같은 예를 들면서 현대 사회에서의 교환을 적절히 묘사하였다.

나리: 음, 지금은 물물 교환은 대개 사라졌으니, 돈으로 쇼핑하는 경우를 예로 들어 보지. 우리가 쇼핑하러 갔을 때 여러 상품들이 진열되어 있잖아? 그런 것들은 생산자들이 누군가와 교환하기 위해, 판을 펼쳐 놓은 거나 마찬가지야. 소비자들은 그중에서 대개 품질과 가격을 비교해서 마음에 드는 것을 구매하려고 할 거야. 판매자가 직접 나타나 있지는 않지만 여러 회사들의 상품이 같이 진열되어 있지. 그 진열 상태가 경쟁이나 마찬가지지.

한나: 판매점에서의 진열 상태가 경쟁이군. 여러 회사들이 비슷한 종류의 제품들을 내놓고 서로 사 가라고 하는 것이군?

나리: 응, 그렇지. 거기서 소비자들은 마음에 드는 걸 고르게 되는 거야. 고른다는 것은 '절충'을 의미하지. 자기가 가진 돈으로 적당한 제품을 고르는 것이지. 너무 비싸게 가격을 부르거나 너무 품질이

떨어지는 제품들은 고르기 망설여질 거야. 투덜거리게 되지. '뭐 이런 제품이 다 있지?', '이게 얼마씩이나 해?' 이렇게 투덜거리는 거야. 그런 제품들은 소비자들이 외면하게 되지. 아무도 찾지 않으면 망하게 되는 거야.

유통점에서 사 가라고 진열해 놓은 상태가 업체들의 경쟁 상태라고 하였다. 서로 자기 생산물을 적당한 가격 하에 팔려고 하는 것이었다. 소비자들이 마음에 드는 것을, 자기의 돈을 들여 사는 것이 교환이었다.

한나: 아, 그렇구나. 물건을 구입하는 것. 결국 여러 업체들을 제치고 한 업체의 제품을 고르는 것…. 교환이란 그렇게 이루어지는 것이구나.

나리: 돈은 저쪽으로 가는 것이고 제품은 이쪽으로 오는 것이야. 제품을 만든 회사는 돈을 얻고, 구입한 사람은 제품을 얻게 되지. 결과적으로 보면 자기가 자기의 분야에서 일한 것이 다른 분야의 생산물과 맞바꾸어진 것이지.

한나: 아, 그렇군. 그렇게 교환이 이루어지는 것이군…. 우리 사회에선 서로 다른 분야에서 생산한 여러 가지 물품이나 편의들이 서로 교환을 이루고 있군.

나리: 서로를 풍요롭게 하고 있어. 교환이 없었다면 우리들은 단

조롭게 살았을 거야. 다른 분야의 상품들과 편의들을 누릴 수 없었을 거야.

민아: 그렇겠지.

한나: 응, 그렇구나.

많은 매매들은 서로 다른 분야의 종사자들이 서로에게 필요한것을 위해 자신의 것을 건네주고, 상대의 것을 얻어 오는 과정이었다. 돈을 얻은 사람은 그 돈으로 또 다른 생산물을 입수해 온다. 그렇게 여러 분야들이 서로 교환 관계를 유지하고 있는 것이었다.

한나: 정말 '교환'이란 것은, 다른 일을 하고 있어도 필수적인 것들을 얻을 수 있게 하니 삶을 풍요롭게 하는 것 같아. 쌀은 농부가 아닌 이상 모두가 교환으로 얻는 것이겠지? 집에서 쌀이나 보리를 길러 내지는 않잖아?

나리: 응, 그렇지. 그런 사람은 없지.

한나: 그런 사람은 없을 거야.

한나가 쌀이나 보리를 집에서 길러 내는 사람은 없을 거라고 했다. 도시 내에서 교환으로 농촌의 산물들을 얻는다는 뜻이었다. 하지만 민아가 반문하였다.

민아: 뭐? 그런 사람은 없을 거라고? 아냐, 아냐. 그렇지만은 않아. 어떤 사람은 집에서 보리를 길러 내기도 하지. 집이 온통 보리밭이야.

한나: 뭐? 집에서 보리를 길러 내?

민아: 응. 집에서 키워 내. 또 어떤 사람은 상추를 키워 내고, 또 돼지를 키우기도 하지.

나리: 뭐? 집에서 돼지를 키워?

민아: 응, 그렇지.

한나: 우와! 굉장하군! 돼지를 어떻게 키우지?

나리: 살찐 사람을 말하는 건가?

민아는 집에서 식량을 만들어 내는 사람도 있다고 했다. 한나는 놀라는 반응을 보였다. 나리는 민아의 말이 황당하게만 느껴졌다. 일부러 한 말이란 걸 알지만, 드물게는 그런 사람들도 있을 것 같았다.

교환은 인간에게 다양한 분야의 생산물들을 가질 수 있게 하고, 누릴 수 있게 함으로써 감동적으로 다가왔다.

비록 이기성이 배어 있는 교환이었지만, 동물들처럼 다른 이의 것을 강탈하거나 훔치는 등의 무모한 이기성은 아니었다. 자기 이익을 챙기는 동시에 남도 행복하게 하는 양식이 바로 교환이었다. 교환을 가능케 하는 사회가 없었다면 인간들은 동물들과 같이 단조로운 삶을 살았을 것이라고 한나는 생각했다. 잠시 동안의 대화였지만 교환이 만들어 낸 풍요로운 사회를 새삼 실감하게 되었던 계기였다.

얘기가 끝나자, 그녀들이 앉아 있는 소파 주위엔 문득 온기가 감돌았다. 테이블에 놓아 둔 양송이 수프에서 김이 나고 있었다. 한나가 그것을 느끼고는 "아, 따뜻해."라고 말하며 황홀한 표정을 지었다. 봄바람이 꽃들의 향기를 머금고 창문 틈에서 불어왔다.

이어서 화면을 다시 보기 시작했다.

과장 광고

화면에서는 치타 두 마리가 어슬렁거리며 걷고 있었다. 그러다가 멈추어 서서 들개 무리들이 이동하는 것을 보게 되었다. '리카온'이라는 들개 무리들은 무성한 풀숲에도 개의치 않고 빠른 속력으로 질주하고 있었다. 많은 수가 달려가며 먼지바람을 일으켰다. 먼지바람은 그 길가의 작은 생물들에게 전가되었다. 아주 작은 들쥐들이 먼지를 뒤집어쓰고 회색빛이 되어 버렸다.

치타는 먹잇감을 발견했는지 몸을 낮추었다. 임팔라였다. 풀숲에 가려지며 거의 잠복하게 된 치타는 서서히 먹잇감에게 다가갔다. 그러나 임팔라는 곧 알아챘다. 달아나기 시작했다. 발걸음이 매우 빨랐다. 하지만 풀숲을 한 번 뛰어넘더니 그 뒤에 있던 웅덩이에 빠지고 말았다. 당황한 임팔라는 놀란 눈이 되어 허우적거리면서 웅덩이를 빠져나오려고 했다. 그러나, 웅덩이에는 이미 악어가 기다리고 있었다. 악어가 다가오더니 이내 임팔라를 덥석 물어 버렸다. 임팔라는 더욱 발버둥쳤다.

그런데 뒤따라온 치타도 그것을 놓치려고 하지 않았다. 치타가 악어 입속으로 들어가는 임팔라의 다리를 물고 늘어졌다. 서로 놔주지 않았다. 결국 다리만 뜯겨 나와, 치타는 다리만 먹게 되었다….

문득 전화벨이 울렸다. 나리가 받았다. 아침에 온다던 친구 '연하'에게서 온 전화였다. 연하는 아침에 동물원에 같이 가기로 했으나 오지 않고, 약속 시간을 지키지 못했다.

그녀는 나리, 민아와 잘 어울려 다녔다. 하지만 자신이 구입할 물건 등이 생겼을 때는 그쪽으로 향했다. 쇼핑이 우정보다 우선시되는 친구였다. 화면을 보던 것을 멈추고, 나리는 전화를 받으며 연하와 통화했다.

연하에게 따지듯 물었다. '왜 약속 시간을 못 지켰냐', '왜 사람을 기다리게 하냐'며 쏘아붙였다. 그랬더니 그녀는 허둥지둥 변명을 해 대었다. 쇼핑 때문에 가지 못했었다고 했다. '역시나 쇼핑을 하다가 늦은 것이구나'라며 나리는 원망했다. 그녀는 평소 사고 싶었던 옷이 마침 할인 기간이라 놓칠 수 없었다고 했다. 나리는 일단 흥분을 가라앉히고 연하를 놀려 줄 생각에 재미있는 것을 보고 있다고 하였다. 그리고 중요한 장면들은 이미 지나갔다고 하였다. 다 보고 난 후엔 반납해야 한다고도 했다. 그러자 연하는 '뭔데?' 하며 궁금해하였다. 약간 놀라는 말투였다. 혹시 자기들끼리 좋은 것을 보고, 마무리하는 것 아닐까 조마조마했다. 나리는 직접 와서 보라고 하였고, 연하는 15분 내로 간다고 하였다. 그리고 전화를 끊었다. 나리는 연하가 온다면서 민아, 한나에게도 알렸다.

15분쯤 기다렸을 때 정말 연하가 집에 당도하였다. 그녀는 집안에 들어서면서부터 기대에 찬 표정을 짓고 있었다. 그리고 "안녕~" 하고 그녀들과 반갑게 인사를 나누었다. 그녀들 역시 인사에 화답하였다. 곧이어 "아까 그건 뭐야?"라고 나리에게 물었다. 나리가 손으로 가리키며 "바로 저것이지!"라고 했다.

화면에는 동물 영상물이 보여지고 있었다.

연하는 '아, 저거…'라고 하며 신기한 듯 처음엔 표정을 지었지만, 곧 실망스러운듯 표정이 바뀌었다. '겨우 저거냐.'라고 작은 소리로 투덜거렸다. 나리를 힐끔 쳐다보았다. 연하는 그래도 그 화면 앞에 같이 앉아 감상해 보기로 하였다.

화면에는 푸른 초원의 풍경이 펼쳐져 있었고 얼룩말들이 뛰어노는 풍경도 보였다. 한나는 그동안 있었던 질문들과 나리의 답변들을 그녀에게 들려주었다. 연하가 잘 이해하길 바라면서 조리 있게 잘 설명해 주었다.

인간은 농사를 지으며 대량 생산을 한다고 하였다. 동물들은 자연계에 있는 먹이에만 의존해 살아가지만, 인간은 먹이를 육성시킬 줄 안다고 하였다. 또 인간들은 서로 다른 분야에 종사하며 교환을 통해 다양한 분야의 생산물들을 얻는다고 하였다.

이어서 민아, 나리, 연하, 한나….

이 네 명에 의해 다음과 같은 이야기가 전개되었다….

(이것은 분명 '교환'에 대한 더 흥미로운 사실들을 전해 주었다.)

연하가 오늘 구입한 옷을 입고 있었다. 베이지색에 체크 무늬를 한 재킷이었다. 민아가 그 옷을 보고 먼저 이렇게 말하였다.

민아: 응, 우리가 조금 전 한 얘기에 의하면, 그 옷은 교환을 통해 얻어진 것이야. 연하가 일을 한 결과가 누군가가 생산한 옷과 교환된 것이지. 물론 돈을 통해 가치 환산을 한 것이지. 돈이 저쪽으로 들어가고 옷이 이쪽으로 온 거야. 교환했기 때문에 옷을 얻을 수 있었던 거야.

옷이 교환을 통해 얻어진 것이라 하였다. 자신이 일한 결과를 옷으로 바꾼 것이라 하였다.

연하: 아, 그렇군. 교환…. 교환을 했기에 이런 옷을 얻을 수 있었던 것이군. 그래, 맞아. 교환을 할 수 있도록 돈이 있는 거야. 돈이 오고 간 거야. 그 정도는 나도 알아.

그 정도는 안다고 하였다. 연하는 고개를 끄덕였다. 그리고 옷의 단추를 하나 열고는 내부를 보여 주었다. 안감은 반들반들 윤이 나는 청록색의 어떤 인조 섬유였다.

민아: 물론, 알겠지. 알 거야. 으음…, 그런데 중요한 사실은 교환을 통해 얻었다는 사실이야. 교환으로 얻어진 것이지. 교환이 아니었다면 자기가 알아서 만들어야 했겠지? 그건 어려울 거야. 직접 만든다는 것…. 실력 없이 만든다는 건 어려운 일일 거야….

연하: 그래. 실력 없이 만든다는 것은 어려운 일이겠지…. 옷을 만든다는 생각은, 해 본 적이 없어.

민아: 응, 그렇겠지. 그래서 전문가가 필요해.

연하: 응, 그렇겠지.

연하가 구입한 옷은, 교환을 통해 얻어진 것이라고 민아는 강조했다. '구입하였다'란 것이 '교환'이란 것이었다. 생산의 결과가 돈으로 되어 있다가, 옷을 얻게 한 것이었다.

연하도 잘 알아들었다는 듯이 고개를 끄덕였다. 그녀는 민아가 뭔가를 설명하려고 하고 있다는 사실에 흥미진진해졌다. 귀를 쫑긋 세웠다. 그런데 연하는 옷을 만지작거리며 오늘 구입한 것에 대한 뿌듯한 표정을, 처음에는 짓고 있었다. 하지만 그것은 가식적인 표정이었다. 연하는 이 구입에 불만이 있었다. 그녀는 이렇게 말했다.

연하: 음…, 그런데 이 옷을 얻어서 마냥 기쁘지만은 않아. 왜냐하면….

나리: 뭐? 기쁘지 않아?

민아: 기쁘지 않다고?

한나: 기쁘지 않은 거야?

기쁘지 않다고 하며 투덜거렸다. 그리고 잠가 놓았던 단추도 풀어 놓았다. 옷소매도 걷었다. 나리와 민아는 눈을 동그랗게 뜨고 놀라는 표정을 지었다. 연하는 이어서 이렇게 말했다.

연하: 응. 왜냐하면 말이야⋯, 으음, 이 옷을 광고에서 봤을 땐 말이야⋯, 밝은 색상이었고 화려해 보였는데 말이야. 실제로 보니 그렇지가 않아. 뭔가 둔탁해 보여. 원하던 파스텔 톤이 아냐. 그리고 잠금 부분도 허술한 것 같아. 단추가 이상한 모양이야.

민아: 뭐? 색이 이상해? 단추도 이상해?

나리: 뭐? 이상해?

한나: 이상하다고?

연하는 옷을 샀으나 광고와 다르다고 했다. 색상도 다르고 잠그는 부분도 허술하다고 했다. 불만스런 표정을 지었다.

나리: 아, 옷이 광고와 다르다니⋯.

민아: 다르다고? 사고 보니 다른 것이구나?

연하: 응, 그렇지. 사고 보니 달라. 광고에서와 달리 옷이 부실해 보여. 이 옷은 입을수록 편리하고 멋스러워질 것 같았는데 말이야.

그래서 사기 전에는 들떠 있었는데 말이야…. 지금은 실망이야. 이 교환이 내 요구 사항을 다 충족시켜 주지는 못한 것 같아.

민아: 교환에 불만이 있다는 것인가?

연하: 응, 그렇지. 불만이 있어. 그래서 지금 후회하고 있는 중이야.

나리: 광고만 믿고 구입한 것을 후회하고 있는 것이구나?

연하: 응, 그래.

민아: 그렇군.

옷을 사기 전, 광고에는 자신의 요구 사항이 다 나타나 있었는데, 실제 제품은 광고 그대로가 아니라고 했다.
연하는 화려한 재킷을 입고 카페에도 가고, 도심 거리도 누비고 싶었는데 몇몇 단점들로 인해 물거품이 되어 버렸다. 들떠 있던 마음도 구입한 이후, 다 사라져 버렸다. 연하는 옷을 만지작거리다가 구겨 버렸다.

한나: 으음…, 광고만 믿고 구입하다가 실수를 했군.

나리: 그렇군. 실수를 했군….

민아: 안타깝군.

연하: 안타까워.

연하는 투덜거리다가 잠겨 있던 단추를 억지로 당겼다. 그러자 단추가 떨어져 나왔다. 단추는 데굴데굴 굴러가다가 소파 밑으로 들어가 버렸다. 한나는 "앗! 단추가 떨어졌잖아?" 하고 소리쳤다. 하지만 연하는 아무렇지도 않은 표정으로 "예비 단추가 있어."라고 말했다.

민아는 광고를 보고 구입한다는 것에 무엇이 문제가 있는지 알고 싶었다. 광고는 흔하게 널려 있는 것이다. 세상 어디에나 광고가 있다. 구입하는 일도 누구에게나 흔한 일이다. 사고 싶은 것은 누구나 돈을 주고 구입한다.

그런 흔함 속에서 문제가 무엇인지 찾아내야겠다고 그녀는 생각했다. 아까의 교환에 대한 논의를 이어갈 수 있을 것 같았다. 곧 이렇게 질문을 던졌다.

민아: '광고를 보고 구입하다'란 것에서 실수가 일어났어. '광고를 믿고 구입하다'라는 게 무슨 뜻이지?

나리를 보며 그렇게 물었다. 나리의 대답이 궁금했기 때문이다. 그동안 어린 한나를 상대로 논의를 해 왔었다. 영상물을 보면서 논의해 왔기에 재미있었고 유쾌한 분위기가 있어 왔다. 그런데 이번에는 어리지 않은 연하를 상대로 논의하게 되었다. 연하는 투덜거림이 많은 아이였다. 매사를 비판적으로 보는 성격을 가지고 있었다. 나리 그녀의 의견에도 처음에는 동조하겠지만, 나중엔 토를 달며 반발할지도 모르는 일이다. 그런 성가심이 예상되었다. 민아의 질문에 대해 나리는 잠시 생각에 잠기다가, 다음과 같이 대답하게 되었다.

나리: 아, 광고. '광고를 믿고 구입하다'란 것…. 으음, 그건 무슨 뜻이겠어? 광고…. 광고란 것은 자신이 생산한 것을 알리는 한 형식이지. 광고를 통해서 소비자들은 제품의 특징과 가격 등을 알 수 있어.

민아: 그래. 광고를 통해서 알 수 있어. 그 제품이 어떠한 것인가를 미리 알 수 있지.

나리: 그래. 미리 알 수 있지.

연하: 그래. 미리 알 수 있을 거야.

'광고는 제품을 알리는 한 형식이다'라고 했다. 광고에는 제품에 대한 정보가 나타난다고 했다. 소비자들은 그 제품에 대해 미리 알 수 있다고 했다. 나리가 말을 이어 갔다.

나리: 으음…, 그러므로 광고를 믿고 구입한다는 것은, 아마 생산자가 나타낸 그대로 받아들인다는 뜻일 거야. 받아들인다는 것….

민아: 그대로 받아들인다는 것?

연하: 믿는다는 것은 받아들인다는 뜻이지.

나리: 그래. 그렇지.

한나: 말만 바꾼 것이잖아?

광고를 믿는다는 것은 그 생산자가 나타낸 그대로 받아들인다는
것이라고 했다. 한나는 믿는 것이든 받아들이는 것이든 같은 뜻이라
고 했다. 그래서 같은 말을 한 나리가 황당하게 느껴졌다. 나리는 계
속 얘기를 이어 갔다.

나리: 음…, 그런데 광고를 본 소비자가 광고를 그대로 받아들인
다면 최종 손해로 이어질 가능성이 높을 거야. 왜냐하면 생산자가
자신의 제품을 겸손하게 알리진 않았을 테니까 말이야.

연하: 뭐? 겸손하게 알리진 않았을 거라고? 그래, 그랬을 거야….
정말 겸손하게 알리진 않았을 거야.

민아: 자기 제품이니까 한껏 뽐내고 멋을 내어 놓았겠지? 뭔가 화
려하게 장식하고 유익한 것처럼 설명을 달아 놓았겠지?

나리: 그래, 그랬을 거야. 잘 팔리게 하기 위해서…. 으음, 생산자

는 자기 제품의 장점만 부각시켜 놓을 거야. 단점은 다 감추고 장점만 부각시켜 놓는 것이지.

민아: 아, 장점만 부각시키다니…. 그래서 좋은 것처럼 보이는군.

연하: 장점에 이끌려 구입하게 되는 것이구나.

한나: 장점이 있다면 부각시켜 놓아야겠지. 그리고 단점이 있다면 감추어야 할 거야.

광고를 믿는 소비자는 최종 손해를 입을 가능성이 크다고 했다. 생산자는 자기 제품을 겸손하게 알리지 않는다고 했다. 잘 팔리게 하기 위해서 장점만 부각시켜 놓는다고 했다. 그리고 단점은 다 감춘다고 했다. 제품은 항상 좋게 보일 거라고 했다.

민아: 으음…, 소비자들은 좋은 면만 보고 구입하게 되는 것이군…. 좋은 점에 이끌리는 것이군.

한나: 생산자는 자기 제품을 팔기 위해서 좋은 면만을 드러낼 수밖에 없을 것 같아.

나리: 그래, 그렇겠지…. 좋은 면만 드러내게 될 거야. 그러므로 생산자가 광고한다면 과장 광고가 될 수밖에 없어. 으음…, 소비자들은 과장 광고에 현혹되고 있어. 물건을 팔기 위해 그렇게 하는 거

야. 그들이 자기 제품을 알린다면 과장이 첨부될 수밖에 없지.

민아: 아, 과장 광고라니…. 사실 생산자가 장점을 부각시켜 놓는 건 당연한 것 같아. 어떤 소비자가 제품을 평가했다면 장점과 단점이 골고루 평가되겠지만 말이야.

나리: 으음, 그럴 거야.

연하: 그럼 난 과장 광고에 속은 건가?

나리: 그래. 속은 거야.

생산자는 물건은 팔기 위해 생산하므로 손해나는 짓은 하지 않는다. 따라서 과장 광고가 될 수밖에 없다고 하였다. 생산자는 과장 광고로 소비자들을 현혹하고 있었다. 연하의 이번 구입도 그런 현혹에 이끌린 것이었다. 연하는 과장 광고에 속은 것에 분개했다. 돈만 날린 것이 아니라, 이번 쇼핑으로 자신의 멍청함도 드러낸 것 같았다. 그녀의 분개한 표정에 민아와 나리는 잠시 당황했다. 연하는 표정을 일그러뜨렸다. 그녀는 나리의 말을 듣지도 않고 끼어들며 말했다.

연하: 과장 광고에 속다니, 말이 안 되는 경우야…. 그럼 그 광고를 본 사람들은 죄다 속아 넘어갔다는 거 아냐? 나뿐만이 아니야. 거의 다 눈길이 가며 구매 충동이 일어났을거란 말이야. 저축해 놓은 돈들을 다 썼겠지? 아, 뭐 그런 업체가 다 있지?

한나: 여러 사람들이 피해를 보았다는 거야? 과장 광고 때문에?

연하: 응, 그렇지. 여러 사람들이 피해를 보았다는 것이지….

연하는 자기 혼자만 속은 것이 아니란 사실을 강조하였다. 혼자 멍청하게 보이기가 싫었다.

민아: 으음, 그게 과장 광고의 폐해야. 우린 이미 그에 대해 말했었지. 교환할 때 잘하면 된다고 말이야. 교환 그 자체로 이익을 낼 수 있다고 말이야.

나리: 그래. 그랬었지. 교환으로 이익을 낼 수 있다고. 자기는 초라한 것을 생산해 놓고, 교환할 때는 굉장한 것처럼 꾸밀 수 있다고. 그래서 더 나은 것을 얻어 낼 수 있다고 했었어.

연하: 교환 그 자체에서 이익을 얻어 내는군. 정말…, 생산물은 그대로인데, 생산물을 알릴 때는 더 나아 보이도록 할 수 있으니까 말이야.

나리: 응. 머리를 잘 굴리면 그렇게 되는 거야.

한나: 머리를 잘 굴리면 손발이 편해지는구나.

과장 광고란, 교환 그 자체로 이익을 얻는 수단이었다. 이미 말한 것처럼 생산물을 알릴 때 멋지게 보이면 되는 것이었다. 그것으로 초과 이익을 달성한다. 소비자는 손해를 본다.

나리: '일하기 싫고 계발하기 싫으니까 광고나 잘해 보자'라고 생각하는 것이지. 그래서 광고에 열중하게 되는 거야.

연하: 광고에 열중하다니. 나쁜 사람들이야….

한나: 생산에 열중하기보다 광고에 열중하는군…. 그래서 광고에 그렇게 돈이 많이 들어가는 것인가?

민아: 광고 부서가 따로 있지.

나리: 광고 비용도 만만치 않고.

일하기 싫고 품질 개선을 하기 싫을수록, 광고에 몰두할 것이라고 했다. 그래서 광고를 만드는 사람이 따로 있고 돈도 많이 투입되고 있는 것 같았다.

연하는 과장 광고에 속은 것이 창피해서 옷을 벗어서 가방 속에 구겨 넣어 버렸다. 환불을 요구할 것처럼 말하기도 했다. 또한 중고로 팔아 버릴 것이라고도 하였다. 그녀는 그 브랜드 제품은 앞으로 안 살 것이라고 하였고, 친구들에게도 알리겠다고 하였다. 나리와 민아도 그렇게 하면 나쁜 소문이 되어 업체도 손해일 것이라고 했다.

투덜거림도 잠시, 화면에는 사자 두 마리가 나타나 있었다. 사자 앞에는 작은 생쥐 한 마리가 있었다. 맞서고 있는 듯했다. 생쥐가 마치 강한 것처럼 몸짓을 하는 탓에 사자들은 겁먹어 버렸다. 사자들은 이내 뒤로 슬금슬금 물러나더니, 달아나 버렸다.

쥐 한 마리 때문에 사자가 달아나는 꼴이었다. 자연계에서도 과장은 상대방을 농락하는 기능을 가지고 있었다.

광고 얘기와 교환 얘기를 하게 되니, 더 알고 싶은 것들이 생겨났다. 연하는 교환 얘기를 하고 싶어, 이내 화를 참아야겠다고 생각했다. 교환은 그런 폐해가 있긴 하지만, 여전히 필수 불가결한 양식이라고 그녀는 생각했다. 오히려 많은 교환들이 유익하게 하고 편리하게 해 주고 있다고 그녀는 생각했다.

연하: 과장 광고에 속지만 않는다면, 우린 올바른 교환을 할 수 있을 텐데 말이야….

나리: 응, 그럴 거야. 교환이란 자기 생산물을 정직하게 알리고 난 다음, 상대방에게 가치의 정도를 올바르게 제시하는 게 옳아. 그건 양심에 따른 문제야.

민아: 음, 그래. 소비자를 더 생각해 줘야 해. 그리고 신뢰를 쌓을 생각을 해야 해.

연하: 그래. 신뢰를 쌓을 생각을 해야 해. 신뢰를 쌓지 않으면 소

용없어. 속는 것도 한두 번으로 족해.

생산자들이 정직하게 자기 생산물을 알리고 신뢰를 쌓아야 한다고 하였다. 신뢰할 수 있는 생산자를 소비자들은 원한다고 했다.

민아: 신뢰는 브랜드를 통해 드러나지. 신뢰를 쌓지 못한 브랜드는 사장되게 되어 있어. 신뢰는 하루아침에 이루어지는 게 아니거든?

나리: 그래. 브랜드는 신뢰를 상징하지. 브랜드의 명성은 믿을 수 있을 거야. 그런 명성을 유지하고 있다는 건 신뢰가 오랫동안 이어져 왔다는 걸 의미하기 때문이야.

연하: 아…, 돈을 챙기려다 신뢰를 잃어버린 브랜드가 종종 있지. 그런 경우 당장의 이익을 쫓다가 망한 경우이지.

나리: 팔아 치우는 데 급급한 거야. 돈만 챙기고 달아나고 싶은 것이지. 그런 업체들은 브랜드 관리를 안 하지. 아예 내세울 브랜드가 없거나.

브랜드의 명성은 믿을 수 있다고 하였다. 명성은 오랫동안 쌓아온 신뢰가 만든다고 하였다. 명성은 괜히 생겨나는 것이 아닌 것 같았다. 팔아 치우는 데 열중하는 회사는 당장의 이익을 챙기려 하고 소비자를 우롱한다. 그들은 브랜드 관리를 안 한다고 했다.

나리: 사람들은 믿고 찾을 수 있는 브랜드를 원하지. 그런 브랜드가 있다면 사람들은 하나하나 따지지 않아. 믿고 구입하는 것이지.

연하: 아, 믿고 구입한다는 것. 매우 바람직한 일인 것 같아.

나리: 응, 바람직한 일일 거야.

한나: 믿고 구입할 수 있다면 많은 고민을 하지 않아도 되겠군. 그 브랜드만 찾으면 되니까.

연하: 그럼 유명 브랜드 제품만 찾아야 되는 건가?

나리: 그건 모르겠어.

믿고 살 수 있는 브랜드가 있다면 좋을 것이라고 했다. 그런 브랜드가 있다면 비로소 광고만 보고도 살 수 있는 것 같았다. 민아는 제품을 살 때 가장 먼저 보게 되는 것이 브랜드였으므로 자신의 구입은 명성을 따라가는 것이라고 생각했다. 자기가 어느 브랜드를 선호한다는 듯이 말하면 주위의 따가운 시선을 받기도 하지만, 이 대화를 통해 이제 자신감을 회복한 것 같았다. 브랜드는 분명 가치가 있으며, 어떤 브랜드를 선호한다 하여 비난받을 일은 이제 아닌 것이다.

한나는 물건을 사기 위해 광고를 보게 되는 것이 아니라 광고로 인해 물건을 구매하고자 하는 욕망이 생기는 경우가 흔하다고 생각했다. 그런 경우 광고가 구매 충동을 잘 불러일으킬 만큼 효과적인 것이라고 생각했다. 광고도 일종의 기술적인 분야인 것 같았다.

나리는 광고에 많은 돈이 들어간다면 결국 제품값의 상승으로 이어질 것이라고 생각했다. 그 비용은 소비자들이 고스란히 부담해야 할 것이다. 실제로 무료로 전해진다고 믿는 광고 투성이의 드라마들이 사실은 돈을 내고 있는 것이나 다름없다고 그녀는 생각했다.

강제적 요소

그녀들이 보고 있는 영상물에서는 계속해서 수컷 사자 두 마리가 어슬렁거리는 모습이 보여지고 있었다. 그들이 거니는 장소에는 나무가 몇 그루 있었고 회색빛 바위가 울퉁불퉁 솟아 있었다. 광활한 초원을 배경으로, 물소 떼들이나, 얼룩말들이 뛰어다니고 있었지만, 멀찌감치서 사자를 발견하곤 달아나기 일쑤였다. 사자들은 다른 육식 동물이 침입하기라도 하면, 냉큼 겁을 주어 쫓아 보냈다. 그 지역 일대를 두 마리의 숫사자가 차지하고 있었다. 그 영상을 보면서 언니들의 얘기를 듣고 있던 한나가 아까 얘기를 이어 가며 이렇게 말하였다.

한나: 음, 그래도 어쨌든 과장된 정보에 속지만 않는다면, 교환은 매우 합리적이고 공정한 양식인 것 같아. 안 그래? 교환엔 강제적인 요소는 없잖아? 그렇지? 서로 마음에 안 들면 교환을 안 하면 되는 거야. 그건 서로의 의견이 존중된다는 것을 의미하지.

교환엔 강제적인 요소는 없다고 하였다. 서로 조건이 안 맞으면 교환을 안 하면 된다고 했다. 한나는 자기가 훌륭하게 의견을 개진한 줄 알았다. 하지만 나리는 이렇게 대답했다.

나리: 뭐? 서로 의견을 존중해? 강제적인 요소가 없다고?

한나: 응, 강제적인 요소는 없어. 그렇지 않아? 교환하기 싫으면 안 하면 되는 것 아냐?

민아: 그래. 안 하면 될 거야.

나리: 으음….

민아도 교환엔 강제적인 요소는 없다고 했다. 교환하기 싫으면 안 하면 되는 것이라고 했다. 하지만 나리는 아닌 듯이 말했다. 당연히 그럴 것이라고 생각하고 말했으나, 나리의 반응에 의아스러웠다.

나리는 강제적인 요소는 분명히 있다는 뜻을 내비쳤다. 그녀는 강제성이란 말을 듣자, 문득 지난 날들의 암울했던 기억들이 떠올랐다. 그래서 화를 내듯 금방 부인하게 되었다.
나리는 이렇게 말했다.

나리: 교환하기 싫으면 교환 안 하면 되지. 억지로 하라고 종용하진 않아. 자기 돈, 자기 마음대로니까 말이야. 하지만 언제나 교환이

서로 평등하게 조건을 내세울 수 있는 것만은 아니야.

교환이 평등하게 조건을 내세울 수 있는 것만은 아니라고 했다. 한나와 연하, 민아는 의아해하며 물었다. 무슨 뜻인지 궁금했다.

연하: 뭐? 평등하게 조건을 내세울 수 있는 것만은 아니라고? 그럼 교환을 안 하면 되지? 평등하지도 않은데 교환을 뭐 하러 해? 안 하면 되지.

한나: 그래. 왜 교환을 해?

민아: 교환을 왜 하지?

나리: 음…, 그러면 되겠지. 안 하면 되겠지. 경우에 따라서는 그래. 하지만 이런 경우도 있어.

그러면서 나리는 다음과 같은 예를 들었다. 이 예는 나리가 예전에 교환을 할 때 일어났던 나쁜 일들 중 하나였다. 이 일로 인해 구입을 더 신중히 하게 되었고, 가게 주인을 볼 때마다 의혹의 시선을 가지게 되었다. 그리고 이 일 이후로 나리는 그 동네에서 이사를 가게 되었다. 나리는 이렇게 말했다.

나리: 내가 예전 살던 동네엔 여러 가게들이 있었지. 옷 가게, 반찬 가게, 식료품 가게, 생선 가게 등등…. 여러 가게들이 필요한 대

로 다 있었지. 아, 그런데 유독 '빵 가게'만은 한 군데밖에 없었어. 빵 가게 말야. 빵 가게는 한 군데뿐이어서, 빵을 사려면 모두들 거기로만 가야 했었어. 다른 방도가 없었어. 그러면 어떻게 될까?

연하: 뭐? 빵 가게가 한 군데뿐이라고? 그런 동네가 있나?

한나: 뭐? 빵 가게가 한 군데라고?

민아: 그럼 교환을 해도 한 군데하고만 해야겠네?

교환은 해야 하는데 한 군데밖에 교환할 곳이 없는 경우가 있다고 했다. 나리가 예로 든 동네엔 빵 가게가 한군데뿐이어서 빵을 사려면 모두 거기로만 가야 한다고 했다.

나리: 응, 그렇지. 교환을 해야 하는데 한 군데하고만 해야 하는 거야. 그럼 어떻게 되지?

연하: 아, 그렇게 된다면 매우 입장이 난처해지겠군. 일단 의견을 절충하기가 어려워질 거야. 그 한 군데와 협상하다가 실패하면 다른 방도가 없잖아?

나리: 응, 그렇지. 그 한 군데와 협상하다가 실패하면 다른 데로 갈 수도 없어. 그 한 군데가 제시하는 대로 다 따라야 해.

한나: 아, 다 따라야 하다니….

나리: 응. 가격이 비싸면 비싼 대로, 종류가 적으면 적은 대로, 신선하지 못하면 신선하지 못한 대로, 다 따라야 해. 다 맞춰 줘야 하는 거야.

민아: 아, 그런 교환이 있나? 다 맞춰 줘야 하다니….

연하: 으음, 그렇다면 교환이, 교환이 아닌 것이 되는군. 반강제적인 교환 상황에 놓이게 되는 것이니까. 의외야…. 조건을 다 수용해야 하다니 매우 불합리해!

한나: 정말 그런 상황이 있군. 빈강제적으로 교환하는 것이 되는군. 빵에 대해서만은 그럴 거야. 그럼 어떻게 되는 것이지?

빵 가게가 한 군데라면 그 가게와 협상할 수도 없다고 했다. 즉, 교환에 있어 절충할 수 없다는 뜻이었다.
가격이 비싸면 비싼 대로, 품질이 나쁘면 나쁜 대로, 불친절하면 불친절한 대로 다 수용해야 했다. 이런 반강제적인 교환이 있다는 데에 연하는 당황했다. 한나와 민아도 놀라움을 표시했다.

민아: 교환이 그렇게 되어 있다면 교환이라고 부를 수도 없겠군. 선택의 여지가 없고, 협상할 수도 없으니 교환이라고 부를 수도 없지.

연하: 정말 그래. 빵을 몹시 좋아하는 사람들은 그 동네에서 불행하게 살아야 할 것 같아.

한나: 빵을 살 때마다 불편을 감수해야 하는군.

나리: 으음…, 이런 교환을 하는 업체를 바로 '독점'이라고 하지. 독점…. 독점인 업체는 매우 위신이 높아져 있어. 자기 아니면 선택할 여지가 없다는 것을 알거든? 그래서 조건을 자기 마음대로 내세우고 방만한 운영을 하게 돼.

민아: 독점…. 자기 마음대로 교환을 성사시켜도 되는 독점이라니, 굉장한 자리를 차지하고 있군!

한나: 독점…. 혼자서 점유하고 있다는 뜻이겠지? 아, 놀라워.

한 업체만 존재할 때 그런 업체를 '독점'이라고 하였다. 독점인 업체와 교환을 한다는 것은 부당하고 억울할 뿐이라고 했다. 자기 아니면 선택의 여지가 없다는 것을 알기에 독점인 업체는 매우 위신이 높아져 있다고 했다. 방만한 운영을 해도 잘 팔린다고 했다. 그에 대한 성토와 질책이 쏟아져 나왔다. 연하는 인상을 찌푸리며 말했다.

연하: 그런 반강제적인 교환은, 상대방의 것이 필수적이면 필수적일수록 더 억울하고 엉뚱한 경우가 되겠군…. 덜 필요하다면 안 가지고 말겠지만, 매우 필요하다면 꼭 가지는 방향으로 갈 테니까 말

이야.

나리: 물론이지. 그 교환을 간절히 요구할수록, 그 사람은 더 억울해지지. 빵을 반드시 먹어야 하는 사람들은 그 동네에서 자주 억울해지는 거야. 그 업체는 일을 평소대로 하고 있어도 사람들은 여전히 빵을 사러 와. 경쟁자가 없으니 무사태평한 것이지.

민아: 으음…, 정상의 자리를 차지했으니 그러는 것이겠지. 정상의 자리에선 느긋해.

나리: 그래. 맞아. 그 빵 가게는 항상 게으러 있어. 항상 게으르고 나태한 모습을 보여 주고 있지. 손님이 들어가도 종업원들이 TV를 보면서 쑥덕대고 있지.

연하: 그래. 정상에선 그저 놀 뿐이야.

독점인 업체는 무사태평하고 게을러 빠져 있다고 했다. 경쟁자가 없으므로 방만한 태도를 취해도 상관없다고 했다. 신제품 개발에 게으르고, 품질 개선에 대해 안일한 태도를 취한다. 사람들의 요구에 신경 쓰지 않는다고 했다.

나리는 예전 그 빵 가게에 불평을 쏟아 내었던 적이 있었다. 동네 사람들이 다들 불평하고 있었던 때였다. 그때의 기억을 떠올리며 이렇게 말했다.

나리: 이미 오래전 일이지만, 그 빵 가게에 대한 아픈 추억들이 남아 있지. 지금도 그때를 떠올리면 아련해질 뿐이야. 어느 날, 그 빵 가게에 들러서 식빵을 구입하려고 했을 때였어. 고르다 보니 제대로 된 식빵이 없었어. 그래서 식빵 중에 이런저런 것은 없냐고 불평을 늘어놓았었지. 그랬더니 주인은 오히려 이렇게 비아냥거리는 거야. '당신들이 빵을 만들 줄이나 아냐? 빵을 만들 줄 아는 업체는 오직 우리들뿐이야….' 이렇게 비아냥거리는 거야. 매우 목소리가 높아져 있었지. 소비자를 완전 무시하는 처사였어.

민아: 아, 그런 식으로 소비자를 우롱하다니…. 상당히 기분 나쁜 업체군.

연하: 음…, 그런 식으로 나오면 말문이 막히지. 단지 자기가 독보적이란 것을 자랑하고 있으니 말이야.

나리: 그래…. 난 아무 말도 할 수 없었어. 독보적인 그 빵 가게에 대해 주눅이 들었을 뿐이었어.

나리는 그 빵 가게에서 수모를 당했던 경험을 말하였다. 원하는 빵을 찾으려 했으나 주인으로부터 무시당했을 뿐이라고 했다. 그 빵 가게는 자기만이 가진 기술로서, 누구도 생산해 내지 못함을 강조하며 주눅 들게 할 뿐이라고 했다. 나리는 불평을 쏟아 내었고, 창피했다고 했다. 그녀들은 나리를 측은하다는 듯이 바라보았다.

연하: 안타깝군…. 표정이 일그러졌겠어.

한나: 슬픈 이야기군. 빵 때문에 그런 일을 겪다니….

민아: 한마디 지적한 말이 그 주인의 심기를 건드렸군. 불평이란 아무에게나 내뱉을 수 있는 말이 아닌 게 분명해.

연하: 하긴, '당신 마음대로 하시오' 하고 나와 봐야 빵도 못 사고 나오는 것에 불과하지. 빵이 거기서만 나오니까 말이야.

나리: 응, 그렇지….

한나: 그럼 어떻게 해야 하지?

한나가 '어떻게 해야 하지'라고 물었다. '협상할 수도 없고 따질 수도 없는 빵 가게에 대해 어떻게 하여야 하는가'라는 물음이었다. 민아가 이렇게 대답했다.

민아: 기죽어 있어야 하지. 아무 방법도 없어…. 빵이 필수적인 데다가, 빵을 구할 곳이 그곳밖에 없으니 당연히 기죽어 있어야 하지.

민아가 기죽어 있어야 한다고 말했다. 그동안 그런 업체를 비난해오고 있었지만, 따질 수 있는 처지가 못 된다면 기죽어 있어야 한다는 뜻이었다. 독보적인 존재란 것을 인정해야 한다는 것을 의미했다.

민아는 그렇게 체념하고 물러서야 한다는 뜻을 내비쳤다. 그러자 한나는 '그런가?' 하고 고개를 갸웃거렸다. 연하도 당황스러웠지만 역시나 '그런가?' 하고 고개를 갸웃거렸다. 하지만 나리가 이렇게 대답했다.

나리: 뭐? 기죽어 있으라고? 빵을 만들지 못한다고 기죽어 있으라고?

나리는 그에 대해 발끈하듯이 말했다. 기죽어 있어야 한다는 말에 그녀는 흥분을 감추지 않고 내뱉었다. 비난을 이어 가다가 굴복하는 듯한 발언에 잠시 화가 나지 않을 수 없었다. 나리의 반응에 민아가 다시 이렇게 말했다.

민아: 하지만 어쩔 수 없잖아? 기죽어 있어야 하지 않겠어? 사실 그 빵 가게라도 있으니 빵을 살 수 있는 것이지, 그 빵 가게조차 없었다면 빵도 못 구하고 굶주리는 것 아냐? 그러니까 기죽어 있어야 하지. 안 그래?

나리: 뭐? 정말 그렇게 생각해? 따질 수도 없단 말이야?

연하: 따질 수 없는 건가?

한나: 따질 수는 있겠지….

민아: 아, 물론 몇 마디 말은 할 수 있겠지. '잘 봐 주세요. 좀 더 노력해 주세요.' 이렇게 말할 수는 있겠지. 하지만 대놓고 이것저것, 요모조모 따질 수는 없어. 왜냐하면 약한 사람은 언제나 기죽어 있어야 하고, 강자의 조건을 항상 수용해야 할 뿐이거든? 무능하기 때문에 그런 거야. 무능한 위치에 있는 사람은 언제나 수그리고 있어야 하는 거야. 하는 수 없는 거야….

연하: 정말 그래…. 나도 동의해. 그 설명을 들으니 정말 그런 것 같아.

연하조차 민아의 설명을 듣고 동조했다. 민아는 따질 자격이 없다고 했다. 약자는 밑에 있고 강자는 언제나 위에 있는 것이 당연하다는 듯이 말했다. 연하가 계속 그 의견에 동조해 갔다.

연하: 정말 어쩔 수 없는 경우야…. 그 빵 가게가 이렇게 말했잖아? '너희들이 빵을 만들 줄이나 아냐? 빵을 만들 줄 아는 업체는 오직 우리들뿐이야….' 솔직히 만들지 못하므로 기죽어 있어야 하지. 그 빵 가게라도 있으니 빵을 얻을 수 있는 것이지. 없었다면 빵을 못 먹고 빵이 그리웠을 거야….

한나: 그래. 그리웠을 거야….

연하: 그렇게 보면 그 업체에 감사해야 하는지도 모르지.

나리: 뭐? 감사해야 한다고?

민아: 맞아. 감사해야 해.

한나: 감사해야 하는 건가?

연하는 심지어 감사해야 한다고 말했다. 독점이긴 하지만 유일한 공급처이기 때문이다. 그곳이라도 없으면 빵도 못 먹는다고 하였다. 둘은 그렇게 독점의 위치를 인정하는 수밖에 없다고 했다. 하지만 나리는 그 의견들에 반대했다. 말도 안 되는 처사를 옹호하는 것이라고 반대했다. 나리가 이렇게 말했다.

나리: 따질 자격도 없고, 감사해야 한다니. 소비자들의 처지가 그렇게 나약한 건가? 방만함을 보면서도 수그러져 있어야 한다니…. 소비자들은 그 동네에서 약자의 위치에 항상 머물러 있을 수밖에 없단 말인가?

나리는 억울한 입장의 소비자를 대신하듯이 말했다. 그녀는 약자의 위치에 있을 수 없다는 뜻을 다시 내비쳤다. 한나는 나리가 흥분한 모습을 보고 진정시킬 필요가 있다고 생각했다. 그래서 뜯어 놓은 과자를 건네주었다. 나리는 과자를 야금야금 씹어 먹었다.

민아: 무능함을 인정한다면 어쩔 수 없는 경우야. 무능한 사람은 스스로 수그리고 있어야 해. 그게 정도인지도 몰라.

나리: 아, 물론 독점인 그 업체에서만 빵이 나오지. 누구도 빵을 만들 수 없어. 하지만 그건 나와 소비자들의 약점이 아니지.

민아: 뭐? 약점이 아니라고?

연하: 그럼 어떻다는 거야?

나리: 음…, 나와 그 동네의 소비자들은 그런 약점을 갖고 있지 않아. 왜냐하면 말이야, 우리들은 그저 받아먹기만 하는 사람들이 아니거든? 굶주린 채 받아먹기만 하는 사람들이 아니야….

나리는 자신들이 무능이라는 약점을 가지고 있지 않다고 했다. 그저 받아먹기만 하는 사람들이 아니라고 했다. 그녀는 지난날들의 아픈 기억들을 회상하면서 말했다.

한나: 그저 받아먹기만 하지 않는다면 어떻다는 거지?

연하: 무능이어도 약점이 아닌가?

한나: 다른 대책이라도 있는 건가?

민아와 연하, 한나는 나리에게서 무슨 의견이 나오는지 궁금했다. 눈을 동그랗게 뜨고 귀를 기울였다. 이 의문들에 대해 나리는 이렇게 대답했다.

나리: 으음…, 나와 그 동네의 소비자들은 그런 약점을 가지고 있지 않아. 우리는 그저 받아먹기만 하는 사람들이 아니거든? 우리도 만만치 않다는 걸 보여 줄 필요가 있어. 으음…, 그 빵 가게란 어떤 곳이야? 그 빵 가게도 공동체 내의 한 구성원일 뿐이야. 그 동네에서, 한 자리 차지하고 있는 구성원이지. 공동체 내의 구성원인 이상, 독보적이라 해도 다른 분야와 동떨어질 수는 없는 거야. 동떨어져서 자라날 순 없는 것이지. 서로 공생, 협력하면서 자라나는 것이지.

민아: 아, 그게 무슨 말이지? 그 가게가 공동체의 구성원이라니…. 그럼 공동체의 구성원이기 때문에 협조해야 한다는 뜻인가?

연하: 공동체의 구성원이라니…. 독보석이긴 하지만 역시나 공동체에 속해 있다는 뜻인가?

한나: 공동체의 구성원…. 즉, 일하는 어떤 일꾼이란 말인가?

민아와 연하는 나리의 의견에 반문했다. 나리는 그 빵 가게도 공동체의 한 구성원일 뿐이라고 했다. 공동체의 구성원임을 강조했다. 한나는 공동체라는 말을 들으니, 서열이 엄격한 기업들이 생각났다. 하지만 지금 사회 전체를 공동체라 하고 있었다.

나리: 응, 그렇지. 공동체란 것은 말이야, 서로 다른 분야가 한데 모여, 교환과 협동을 이루기 위해 있는 장소야. 성장할 때부터 그런 협동이 있어 왔지. 자기 혼자서 모든 걸 다 이루었다고 생각해서는

안 돼. 자기 혼자서 어떻게 이룰 수 있었겠어?

민아: 서로 다른 분야가 협동하고 있고 혼자서 자라날 순 없다? 물론 그렇겠지. 혼자서 자라날 순 없었겠지.

연하: 그 빵 가게란 것도 독보적이긴 하지만, 다른 분야들로부터 도움을 받으며 성장해 온 것이겠지? 혼자서 자라날 순 없는 것이었겠지?

한나: 아, 그럴 것 같아. 도움을 받으며 자라온 것이겠지. 그렇다면 협조해야 하는 것인가?

그 빵 가게도 사회와 동떨어져서 자라날 순 없다고 하였다. 성장할 때부터 다른 분야의 후원을 얻어 온 것이라 했다. 민아와 연하는 일리가 있다는 듯이 고개를 끄덕였다. 한나도 그럴싸하다는 표정을 지었다. 이제 뭔가 독점에 대해 비판할 수 근거가 등장하는 것 같았다. 나리는 의견을 계속 이어 갔다.

나리: 그래, 혼자서 자라날 순 없는 것이지. 공동체에 속한 이상 다른 분야의 협력이 필요해. 일단 빵의 재료를 공급받아야 할 것이고, 그런 재료는 다른 어디선가 들여와야 하겠지. 또 기술을 익힌 인재는 교육 기관에서 배출해 내고 있는 것이지. 돈을 끌어모으기 위해서는 은행도 필요했을 거야. 그 외 눈에 띄지 않는 여러 가지 시설들, 자원들…. 그런 것들이 한데 모여 그 빵 가게를 이루어 가고 있

는 것이지. 앞으로도 그렇겠지. 그래야만 운영해 나갈 수 있는 거야.

민아: 다른 분야의 자원과 지원을 필요로 하는군. 그렇다면 독점이란 지위도 사회 속에서의 지위일 뿐이군?

연하: 정말…. 공동체 내의 다른 분야에서의 지원이 필요해. 그리고 자원들도 필요해. 그 업체는 혼자서 운영될 수 없는 것 같아.

한나: 음…, 그렇군. 다른 분야의 자원을 필요로 하는군. 그럼 어떻게 되지?

성장하기 위해선 다른 분야의 자원을 필요로 한다고 하였다. 요구되는 많은 것들이 사회에서 조달해 오고 있는 것들이었다. 빵의 재료, 인력, 자본들이 사회로부터 나온다고 하였다.

나리는, 어떤 것이 지극히 독보적이라 해도, 갑자기 사회 속에 등장할 수는 없는 것임을 나타내고 있었다. 사회 속의 지원과 협력 속에서 자라 왔고 앞으로도 그럴 것이라고 하였다.

나리: 그러므로 그 빵 가게가 위세를 펼치며 부당해진다는 것은 있을 수 없는 일이야. 사회 속의 협조가 있어 왔다는 걸 그 빵 가게가 망각해서는 안 돼.

민아: 정말 그 가게는 제멋대로 행동해선 안 될 것 같아. 그 가게는 전기만 끊어도 운영을 못 하게 될거야.

한나: 물이 공급되지 않아도 운영을 중단하게 되겠지?

나리: 응, 그렇지. 사회로부터 공급되어 오는 그것들은 다른 사람들이 열심히 일한 결과야.

연하: 그 업체는 또 빵의 재료가 신선하기를 바라기도 해야 할 거야. 또 은행으로부터 지금 조달이 원활하기를 바라기도 해야 할 거야.

나리: 응. 그것들이 무너진다면 자기도 온전치 못할 거야.

연하: 아, 그렇군. 빵의 재료를 공급받아야 하고 인재를 찾아야 하고 돈도 빌려야 한다니…. 독보적인 기술력을 자랑하고는 있지만, 그도 사회에 소속되어 도움을 구하고, 다른 분야의 성장도 바라고 있어야 하는 존재일 뿐이군. 결국 그 사람도 사회 속을 살아가는 한 개인일 뿐이군. 그렇다면 그 빵 가게도 섣불리 행동할 수 없을 것 같아. 소비자들은 마땅히 비판할 수 있고, 갱신을 촉구할 수 있을 것 같아.

나리: 응, 마땅히 비판할 수 있고 갱신을 촉구할 수 있지.

한나: 비판할 수 있군. 기죽어 있을 필요가 없는 것이군?

나리: 응, 그렇지.

한나: 으음, 독점의 불친절, 게으름, 고가격…. 이젠 비판할 수 있

군? 수척해질 필요가 없다는 것이군? 흐뭇한 사실이야. 독점에 대해 새로운 관점이 생겨나는군.

그 독점인 업체도 사회 속에서의 공급이 중단되면 더 이상 운영을 못 할 거라 하였다. 다른 분야들이 성장하기를 바라야 한다고도 하였다. 사회와 동떨어진다는 것은 도태되고 낙오된다는 것을 의미했고, 발전하고 성장한다는 것은 사회와 더불어 일어나는 것이었다. 나리의 설명으로 사회 속의 협력과 공생이란 개념이 뚜렷해졌다. 사회란 것은 이 독점의 예에서 보듯이 상호 협력을 구축하고 있는 가운데, 교환이 이루어지는 장소였다.

독보적이란 것을 너무 강조한 나머지 그 위세에 굴복하고 우러러보는 상황이 곧잘 생길 수 있었지만, 그녀들은 이러한 태도를 취하지 않았다. 사회의 다른 구성원들이 그 독점인 업체에 대해서 적절히 보상해 주고 있다는 사실을 확인할 필요가 있다고 하였다.

그리고 무능하여 약자의 위치라고 스스로 낮추는 실수를 저질러서는 안 된다고도 하였다. 독점에 대한 이러한 평가는 민아와 연하에게 새로운 관점을 제시해 주었다.

처음에 한나는 독점인 업체를 우러러보는 시각을 가졌지만 나리의 그 의견을 들으며 수정하지 않을 수 없었다. 독점이라 해도 사회 속을 살아가는 한 개인 일뿐이며 사회가 낙후된다면 그 업체도 온전치 못할 것이다. 경쟁 업체가 없는 행운을 누리는 그때 오히려 소비자를 위해 애써 준다면 서로가 행복하고 만족스런 교환을 할 수 있을거라 그녀는 생각했다….

84

인간의 이기성

        그녀들이 보고 있는 화면에서는 미어캣들이 무리 지어 생활하는 모습이 보여지고 있었다. 여러 마리의 미어캣들이 땅을 파면서 먹이를 찾고 있었다. 땅속에서는 그들이 좋아하는 애벌레나 전갈이 나왔다. 한 마리가 애벌레를 찾으니 다른 한 마리는 전갈을 찾았다. 서로 상대방의 먹이가 마음에 들었는지 금방 교환하였다. 보금자리로 굴을 가지고 있었고, 그 속에 새끼들을 보관하고 있었다. 적을 감시하는 보초들이 언제나 배치되어 있었고, 위험한 순간엔 언제나 굴속으로 잘 피신했다. 그 장면을 보면서 민아는, 집단생활을 잘하기 위해선 서로 잘 협조하고 잘 나누어야 한다고 생각했다.

    그녀들은 계속해서 이야기를 이어 갔다. 독점 업체에 대해서 따져도 되고 비판할 수도 있다고 했지만, 함부로 비판할 수 있는가에 대한 내용이었다. 민아가 이렇게 말했다.

민아: 음…, 하지만 그렇다 해도 그 독점인 업체를 멸시하거나 깔보거나 사라지라고 할 수는 없는 것 아닐까? 그 빵 가게는 아니어도, 다른 어떤 독점 업체들을 보면 아주 독보적이라 할 수 있는 경우가 있거든. 흔히 널려 있는 것들과 다르게, 독창적인 기술력을 갖고 있지.

연하: 독창적이라고? 그렇기 때문에 보호해 줘야 하는 것인가?

민아: 아니, 단지 함부로 비판할 수는 없는 것인지 몰라.

연하: 함부로 비판할 수 없는 것인가? 뛰어난 점을 인정해 줘야 하는 것인가?

독점인 업체들은 독보적인 기술력을 가지고 있으므로 함부로 비판할 수 없을 것이라고 민아가 말했다. 뛰어난 점은 깎아내릴 수 없다는 뜻이었다. 연하가 민아와 나리의 표정을 번갈아 바라보았다. 어리둥절한 표정을 지었다.

한나: 아, 뛰어난 점은 인정해 줘야 할까?

나리: 음…, 그들의 능력은 인정해 줘야 하는지도 모르지. 혼자 그렇게 되었으니까, 남다른 노력이 있었겠지.

나리도 그 말을 듣고 인정해 줘야 한다고 했다.

연하: 그럼 어떻게 해야 하지? 뛰어난 실력을 가지고 독점 업체가 되었다면 어쩔 수 없다는 것 아냐? 칭찬과 비난을 겸비해야 하는 것일까?

민아: 비난을 하다가 어느새 수그려야 하는 것일까?

나리: 아니, 아냐. 그럴 수는 없겠지. 어색한 경우가 될 거야….

연하: 그럼 어떻게 해야 하지? 경쟁 업체가 등장할 때까지 기다려야 하나?

민아: 경쟁 업체가 언제 등장하지?

칭찬을 할 수도, 비난을 할 수도 없다고 하였다. 나리를 보며 어떻게 해야 할지 물었다. 나리는 이렇게 대답했다.

나리: 무엇보다 아무나 나서서 비판할 순 없을 거야.

연하: 뭐? 아무나 나서서 비판할 수 없다고?

민아: 아무나 나설 수 없는 것인가? 그럼 누가 나서야 하지?

아무나 나서서 그들을 비판할 수는 없다고 했다. 비판을 함에 있어 자격이 있어야 한다는 뜻이었다. 어떤 사람이 나서야 하는지에 대해 나리가 이렇게 대답했다.

나리: 그러니까 게으른 사람이 나서서 비판할 수는 없을 거야. 게으른 사람이 누군가에게 열심히 일하라고 충고할 순 없잖아?

민아: 게으른 사람? 정말 그렇겠는걸. 게으른 사람이 나설 수는 없을 것 같아. 자기도 게으른 주제에 남보고 열심히 일하라니…. 이치에 안 맞는 경우야.

연하: 그래. 게으른 사람이 나설 수는 없겠지.

게으른 사람이 나설 수는 없다고 하였다. 게으른 사람이 일하는 사람에게 지적할 수는 없는 것이었다.

연하: 직업이 없는 사람이거나, 겨우 초보자가 비판할 수도 없겠지.

나리: 그래, 없겠지. 그런 사람이 나선다는 것은 일하고 있는 사람을 멸시하는 것이지.

민아: 그래, 그럴 거야.

나리: 그러므로 뛰어난 실력을 가진 독점에 대해서는, 그에 상응하는 사람이 따져야 해. 상응하는 사람.

한나: 상응하는 사람?

민아: 상응하는 사람이라면….

상응하는 사람이 따져야 한다고 하였다. 게으르거나 무직이거나 초보자인 사람은 일단 뒤로 제쳐 두었다. 나리가 계속 말했다.

나리: 응. 아마도 자기 분야에 최선을 다한 사람이라면 비판할 수 있을 거야. 최선을 다한 사람은 뒤처지는 다른 분야에 대해서 비판을 가할 수 있을 거야.

연하: 최선을 다한 사람?

민아: 아, 최선을 다한 사람…. 그래. 자기 분야에서 최선을 다했다면 비판할 수 있을 것 같군. 그럴 자격이 있는 것이겠지.

한나: 아, 그럴 것 같아. 최선을 다한 사람.

자기 분야에서 최선을 다한 사람은 비판할 수 있다고 했다. 나리의 설명은 독점이라 해도, 대등한 부류들이 있다면 그들에 대해서 논의할 수 있다는 뜻이었다. 그래서 단점을 지적할 수 있고, 잘한 일에 대해서는 격려도 할 수 있다는 뜻이었다….

나리: 응, 최선을 다한 사람은 비판할 수 있는 거야. 그 분야를 못

한다고 해서 위축될 필요는 없는 거야. 사람은 누구나 한 분야에 집중하니까.

연하: 그래, 그럴 거야. 한 분야에 집중하지.

민아: 자기 분야에 몰두하며 자기 분야를 키워 나아가는 것이지.

나리: 응, 그렇지. 그러니까 나도 내 분야에 최선을 다했다면, 뒤처지는 다른 분야에 대해서 비판할 수 있는 거야.

민아: 으음, 그렇군.

한나: 비판할 수 있군….

누구나 한 분야에 집중하며 자기 분야를 키운다고 했다. 그래서 다른 분야에 대해 잘 모르게 되는 건 당연한 것 같았다. 한 분야의 실력을 갖추었고 열성적이라면 다른 분야에서 일어나는 일에 간섭할 수 있다고 했다. 나리가 계속 말했다.

나리: 그렇게 비판할 수 있고 따질 수도 있어. 하지만 사람들은 흔히 이렇게 말하지. '너희가 그렇게 할 줄이나 아냐? 못하면 가만히 있어.' 이렇게 말하며 독점을 보호해 주는 거야.

연하: 정말 그런 실수도 있겠군.

민아: '못하면 가만히 있어'라니···. 가만히 뒷구석에 처박혀 있으라는 뜻인가?

나리: 독점인 업체를 너무 우러러보는 거야. 자신을 너무 낮추어 보는 것이기도 하지. 자신도 사회에 기여한 바가 있는데 말이야.

독보적인 업체를 우러러보며, 못하는 자들은 가만히 있으라는 발언을 하기도 한다고 하였다. 단지 한 분야에 뛰어나다고 해서 누구도 지적할 수 없는 상황이 생길 수도 있었지만, 그녀들은 의견을 수정하며 대등한 부류들이 있다면 비판할 수 있고, 조언할 수 있다고 했다.

나리: 그 빵 가게도 많은 경쟁 업체들 중 하나였다면 그다지 기를 펴지 못했었을 거야. 성장해 나가기 위해선 자기 뜻대로만 하면 안 되거든? 자발적으로 가격을 낮추어야 할 거고 친절을 베풀어야 할 거야.

민아: 그래. 그래야 하겠지. 사람들을 끌어들이기 위해선 사람들의 구미에 맞추어야 해.

연하: 소비자들을 배려해야 하는 것이군···.

나리: 응, 배려해야 해. 이기성을 줄여야 하는 것이지.

한나: 이기성을 줄여야 하는 것이군…. 너무 제멋대로 해서는 안 되는 것이군.

나리: 응. 인간은 결국 자신이 유리한 조건이 되었을 땐 남을 생각하지 않아. 자기 마음대로 할 수 있다면 자기 마음대로 해 버리는 것이지.

연하: 마음대로 해 버리는 것이구나….

인간은 유리한 조건이 되면 마음대로 해 버린다고 했다. 자신의 이익에 맞게 행동하고 타인과 관련된 힘든 일을 챙기지 않는다. 그렇게 보니 인간의 이기성이란 단지 이성적인 판단으로 조절해 나가는 것 같았다. 불리해지면 이기성을 줄이고, 유리해지면 이기성을 늘리는 것이었다.

그 의견을 들으니, 문득 한나의 머릿속에 친절했던 사람들의 모습이 떠올랐다. 이것저것 잘 챙겨 주고 가는 길까지 배웅해 주었던 그 주인…. 그때만 해도, 그 주인에게 호감과 친근감이 느껴졌었다. 그래서 자주 방문하여 매출을 올려 주었었다. 그러나 결국 인간의 친절이란 것은 불리해서 나타나는 모습일 수 있고, 유리해지면 사라질 수도 있다라는 사실에, 이제는 그다지 감동스럽지 않았다. 친절에 대해 새삼 주의를 기울여야겠다고 그녀는 생각하게 되었다.

민아는 독점에 대해 무작정 비판할 수 없음에 공감을 표시했다.

게으르고 무지하고 의지조차 없는 자가 일하는 이들을 무시하는 경우가 있지만, 꼴불견일 뿐이다. 아무나 나서서 사회를 비판한다면 사회는 서로 다투기만 하는 장소가 될 뿐, 협동과 공생이 자리한 장소가 되지 못할 것이다. 자기 분야에 최선을 다한 사람이 비로소 비판할 수 있게 된다는 나리의 의견에 동감을 표시했다. 민아 자신은 최선을 다하며 어느 분야에 대해서도 지적할 수 있고 비판할 수 있게 되기를 마음속으로 바라게 되었다.

그녀들은 독점에 대한 얘기를 끝내고 다시 화면으로 눈길을 돌렸다. 화면에선 다시 새로운 광경이 펼쳐지고 있었다.

필요 없는 것

몇 마리의 하이에나들이 웅덩이로 다가가고 있었다. 웅덩이는 그 건조한 지역에서 수분을 공급하는 유일한 공급처였다. 육상 동물들은 모두 거기서 수분을 공급받아야 했다. 하이에나들은 느릿느릿 다가갔지만, 거기 모여 있던 가젤들과 얼룩말들은 긴장하지 않을 수 없었다.

가젤들은 곧 웅덩이에서 물러났다. 새끼들은 멀찌감치 달아났다. 하이에나들은 웅덩이에 도착해서 몇 모금의 물을 마셨다. 그리고 곧바로 하늘을 향해 드러누워 버렸다.

뜨거운 태양이 하늘에서 내리쬐고 있었다. 평화로워 보였으나 육식 동물을 마주하고 있는 초식 동물들에겐 긴장감이 역력했다. 얼룩말들은 물을 마시고 싶은 욕구에도 불구하고 참아야 했다. 멀리서 멍하니 바라보고만 있게 되었다.

단지 독수리 떼들만이 가끔씩 내려와 물을 마시곤 했다.

그 장면을 보고 연하가 이렇게 말했다.

연하: 하이에나 떼들이 웅덩이를 차지하고 있다니…. 저것도 독점인가? 하이에나 떼들로 인해 나머지 동물들은 물조차 마시지 못하잖아?

한나: 독점? 저것도 독점인가?

나리: 아, 저건 독점이라기보다는 '선점'이지, 선점.

연하: 뭐? 선점? 선점이 뭐지?

나리는 선점이라고 했다. 선점이란 '먼저 차지한다'란 뜻이었다. 연하도 말뜻은 알고 있었지만, 그 내용이 궁금하다는 듯이 되물었다. 나리는 설명했다.

나리: 응, 선점. 선점이란 어떤 가치 있는 것들을 먼저 차지한다는 뜻이지. 먼저 차지한 후, 그것을 필요로 하는 이들을 놀리는 상태를 말하는 것이지.

연하: 뭐? 먼저 차지해? 그리고 놀려?

선점이란 가치 있는 것을 먼저 차지하는 것이라고 했다.
그리고 필요로 하는 이들을 놀리는 상태라고 하였다.

연하: 자기에게 필요 없다면 마땅히 안 가져야지. 저게 무슨 꼴이

람? 사리 분별을 못 하는 건가? 왜 그런 일들을 벌이는 것이지?

나리: 동물들을 탓하는 말은 아니겠지?

연하: 아니, 그러니까 인간들에 비유하자면 저런 경우는 용납될 수 없다는 거야. 저런 경우가 인간들의 세계에도 있을 것 아냐?

연하가 동물들을 보며 투덜거리다가 '인간들의 세계에서는 어떤가'라고 물었다. 인간 사회에서도 유사한 경우가 있을 것 같았다.

나리: 응, 인간들 세계에도 물론 있지. 남들보다 빨리 차지하고 싶은 부족한 것들이 곧잘 있는 거야. 수량이 한정되어 있거나, 공급에 차질을 빚어서 시중에 퍼뜨려지지 않는 것들이 그런 것들이지. 그래서 소식을 듣는다면 서둘러야 해.

민아: 아, 부족해져 있는 것들. 그것들을 빨리 차지하려 한다는 것이군. 영화관에서 자리 부족이 생길까 봐 서두르는 것과 같은 건가?

연하: 뭐? 자리 부족?

한나: 자리 부족일 땐 서둘러야지.

나리: 아, 하지만 그런 것들과 다르지. 그건 자기도 필요해서 그렇게 하는 것이니까…. 필요한 사람들끼리 경쟁하는 것과는 다른 거

야. 선점이란 무엇보다 자기에게 필요도 없으면서, 차지하려고 한다는 점이 다르지. 그런 부당성을 가지고 있지.

연하: 아, 필요도 없는 것을 차지하려 한다는 점에서 다른 것이구나.

민아: 필요한 사람들끼리 다투는 경우와는 다르군.

나리: 응, 그렇지.

한나: 필요 없는 것을 사 두려는 사람들이 있다니, 나쁜 경우야….

필요 없지만 차지한다는 것이 선점이라고 했다. 필요해서 경쟁적으로 차지하려고 하는 것들과는 다르다고 했다. 더 비싸게 내다 팔 생각에 선점하는 것이었다. 선점이란 말은 단지 먼저 차지한다는 뜻이지만 여기서는 이익을 남기고 되팔 생각을 하는 상태를 의미했으므로 나쁜 의미를 지니고 있었다.

나리: 선점은 대개 부동산 같은 큰 규모의 소유물들에 대해서 있게 돼. 어느 지역의 부동산 가격이 오를 것 같아 보인다면 빨리 사 두는 게 유리하지. 나중에 거액을 챙길 수 있으니까 말이야. 그런 사람들은 되팔기 위해서 사 두는 사람들이야. 그래서 필요 없지만 거액을 주고 사는 것이지.

민아: 사 둔 후에는 그것을 필요로 하는 사람들을 상대로 협상을 벌이는 것이군?

나리: 응, 그렇지. 협상을 벌이지.

연하: 협상에선 유리하겠군. 한정되어 있는 것을 가지고 있으니까….

나리: 그래, 그렇지. 거액을 앉아서 벌어들이는 거야.

부동산 같은 소유물들은 선점의 대상이 되기 쉽다고 했다.
한정된 물품이고 생산하기 어려운 것들이기 때문이다.
그들은 앉아서 좋은 정보를 입수한 덕에 거액을 벌어들일 수 있는 것이라 하였다.

연하: 그런 사람들은 잘 사들여서, 잘 파는 사람들이군. 좋은 정보를 갖고 돈만 챙기려고 하는, 돈에 눈이 어두운 사람들이군.

나리: 그래. 잘 사들여서 잘 파는 사람들이야. 생산적인 일도 아니어서 산출되는 것도 없이, 단지 사고파는 것만으로 거액을 챙기는 사람들이지.

연하: 사고파는 것만으로 돈을 벌다니…. 아까는 광고를 잘해서 돈을 번다고 했었는데….

민아: 굉장한 사람들이야! 아무 실력도 없이 거액을 굴리니까 말이야. 놀고먹는 사람들보다 나빠….

한나: 놀고먹는 사람들보다 나쁜 사람들이군.

나리: 응…, 그렇지. 노는 게 나아. 선점은 비열해. 필요로 하는 사람들을 대상으로 하니까 말이야. 간절히 요구하면 할수록, 더 비싼 가격을 매길 수 있어. 그 절실한 정도를 잘 이용해 보려고 하는 것이지.

연하: 절실히 요구하는 정도가 크면 클수록 더 신나겠군….

선점은 아무 실력도 없이, 돈으로 돈을 모으는 행위라고 했다. 누군가의 절실히 요구하는 정도를 이용한다는 점에서 비열함이 더해 있었다. 사회에 내놓는 것이 없다는 점에서 놀고 있는 사람들보다 더 나쁘고, 사회의 재화들을 가로챈다는 점에서 더욱더 나쁘다고 했다. 사회의 한 부분이 그들로 인해 잠식되어 가고 있었다.

선점에 대한 논의를 그렇게 뒤로 하고, 그녀들은 계속 영상물을 재생시켜 놓은 화면을 주시하였다.

웅덩이를 차지하고 있던 하이에나들이 몸을 일으켜 세웠다. 선점하고 있던것이 미안했던지 웅덩이를 물소 떼들과 얼룩말들, 가젤들에게 내주었다. 그리고 풀숲으로 향했다. 이어서 다음 장면이 보여졌다. 사자가 얼룩말을 사냥하는 장면이었다.

무리에서 벗어난 얼룩말 한 마리가 사자 떼들에 둘러싸여 도망갈 수 없게 되었다. 곧 덮쳐 오는 사자들에 대해 얼룩말은 반격했다.

얼룩말의 방어력은 뒷발질에서 나오지만, 이 얼룩말의 뒷발질은 다 빗나갔다. 평소에 연습을 게을리한 까닭에 그런 초라한 방어 실력이 나타난 것이라고 민아는 생각했다. 옆에서 보고 있던 새끼 얼룩말이 뒷발질에 맞으며 그대로 고꾸라졌다.

얼룩말은 큰 먹잇감이었다. 그래서 오랜만에 사자들이 포식하는 듯했다. 하지만 또 문제로 번졌다. 아까 배회하던 하이에나들이 주위에 몰려들었다. 하이에나들이 '이번에는 제대로 먹이를 빼앗아야지'라고 생각하는 듯했다. 몇 안 되는 사자들은 여러 마리의 하이에나들을 보고, 우두커니 있다가 결국 뒤로 물러났다. 숫자상 불리한 것이었다. 얼룩말의 사체를 놓고 하이에나들은 서로 다투기 시작했다. 다리 쪽과 머리 쪽으로 나뉘어졌다. 앞다투어 먹이를 뜯었다. 그녀들은 계속해서 이야기를 나누었다.

민아: 하이에나가 결국 먹이를 빼앗았군. 사자로선 억울한 일이네.

나리: 응, 하이에나는 남의 먹이를 빼앗는 걸로 유명하지.

연하: 음…, 남의 먹이를 빼앗는 것은 야비한 일이야. 그렇지 않아? 저건 강탈이라고 할 수 있겠군….

나리: 뭐? 야비하다고? 강탈이라고? 아니, 아냐. 별로 야비하지 않아.

연하: 뭐? 야비하지 않다고?

나리: 응, 야비하지 않아. 저기는 약육강식의 법칙이 지배하는 세계이니까 그렇지.

연하: 뭐? 약육강식? 아…, 강자가 약자를 지배한다는 뜻인가?

나리: 응, 그렇지.

연하가 먹이를 빼앗는 것을 보고, 야비하다고 했으나 나리는 그렇지 않다고 했다. 약육강식의 세계이므로 야비한 건 없다고 했다. 먼저 차지하거나, 빼앗기만 하면 된다는 뜻이었다. 나리는 추가로 말했다.

나리: 강자가 약자를 지배한다는 것, 그게 자연의 이치야. 야비할 수는 없는 거야.

한나: 아, 그렇군….

나리: 저게 야비하다면 사자가 얼룩말을 잡는 것은 정당한 일인가?

연하: 아…, 그것도 그렇네. 초식 동물들이 불쌍해….

나리: 응, 초식 동물은 좋은 먹잇감이야….

한나: 자연의 이치는 냉혹하군….

민아: 그렇군….

자연은 약육강식의 세계라고 했다. 단지 힘 있는 자, 행운을 잡은 자가 좋은 자리를 차지하고 좋은 먹잇감을 얻는다. 야비한 일이란 없다고 하였다. 민아도 그 설명을 들으며 곧 수긍했다. 남의 먹이를 빼앗아도 되는 곳이 자연의 세계였다. 적막한 자연에선 도덕성이 사라져 있었다.

연하에겐, 죽어 가는 동물들이 불쌍하게만 보였다. 새끼들은 더더욱 불쌍하게 보였다. 인간들의 세상에 저런 무지막지한 이기성이 펼쳐진다면 인간들의 세상은 결코 평온하지 못할 것이라고 그녀는 생각했다. 대화가 계속 이어졌다.

민아: 강한 자가 약한 자를 잡아먹는다는 것…, 그것은 곧 자연의 이치인 것 같아. 어쩔 수 없는 일인 것 같아.

나리: 응, 그렇지. 어쩔 수 없는 일이야. 자연계엔 나쁜 동물, 착한 동물이란 게 없지. 다만 약육강식일 뿐이지.

민아: 음, 그렇군. 약육강식…. 그래, 강한 게 좋은 거야. 자연의 세계에선 말이야. 어쨌든 인간들 세상에는 저런 일이 벌어져선 안

될 것 같아. 저런 일이 있다면 결코 편히 살 수 없을 것 같아.

나리: 그렇겠지. 편히 살 수 없을 거야. 저런 약육강식이란 어처구니없을 뿐이니까….

민아: 그래. 어처구니없을 뿐이야.

동물들의 약육강식에 비하여, 인간의 질서와 덕목이 상대적으로 부각되어 보였다. 인간들은 서로를 존중하며 살고 있는 것 같았다.
하지만 나리는 곧 이렇게 말했다.

나리: 그런데 사람들도 하위의 생물들을 잡아먹는다는 점에선 다를 바 없지.

한나: 뭐? 다를 바 없다고?

나리: 응. 돼지나 소나 닭들이 어마어마하게 잡아먹히고 있다는것만 봐도 알 수 있지. 매번 우리들 식탁에 올라오고 있어. 잘 먹고 나서 한 마리 생명을 해쳤다고 하지는 않지. 맛있게 먹었을뿐이야….

연하: 아, 그렇군. 우리들도 여러 가지 생물들을 잡아먹고 있는것이군. 그래, 그렇지. 그런 육식들이 성행하고 있어….

나리: 모든 고기들이 식탁 위에 양념을 잘 발라 근사하게 올라와

있지. 그래서 아이들도 그런 식사를 잘하고 있을 뿐이야.

연하: 그래, 그렇지….

민아: 그렇군…. 아이들도 잘 먹고 있군….

인간들도 각종 생물들을 해친다는 점에서 다를 바 없다고 하였다. 매번 식탁 위에 올라온다고 하였다. 육식으로서 많은 생명들을 잡아 먹는 것이었다.

나리: 자극성이 떨어지는 거야. 각종 죽은 동물들이 요리화되면서 맛있게만 보이는 거야.

한나: 맛있게 보이는군….

민아: 인간들도 결국 죽이는 자의 위치에 올라 있군.

나리: 응, 그렇지….

한나: 동물들을 비난할 처지는 못 되는군…. 인간들도 살육을 즐겨 하는 동물일 뿐이야….

인간들도 대단한 육식가라는 데 그녀들은 동감했다.
하지만 민아는 그 말에 곧 이렇게 대응했다.

민아: 아, 하지만 동물들에 비해선 낫다고 할 수 있지 않을까? 동물들보다는 덜 잔인하잖아? 동물들로 따진다면, 같은 종족끼리도 먹이를 놓고 다툰다거나, 침입자라고 간주되면 살생까지도 일어나지. 먹잇감이 아닌데도 말이야. 도처에서 혈전이 벌어져. 그래서 낫다고 할 수 있지 않을까?

나리: 음…, 그래. 낫다고 해 두지. 인간들은 자기가 직접 죽이진 않으니까. 공장에서 대량 생산 되어 나오니까. 그래서 나은 거야….

한나: 음, 그렇군….

민아: 공장에서 대량 생산 되어 나오지, 물론….

나리: 대량으로 죽어 가고 있어….

민아: 하긴, 먹기 위해 직접 하나하나 죽이러 다닌다면 매우 피곤한 일이 될 것 같아. 매우 역겨운 일이 될 거야. 그렇게까지 자극적인 행동들을 하면서, 인간들이 고기를 먹고 싶진 않을 거야.

나리: 응, 그럴 거야.

한나: 사냥꾼처럼 되기는 싫으면서, 고기는 잘 먹는 것이군.

인간들도 하위 생물들을 잡아먹기는 마찬가지였다. 하지만 직접 죽이는 일 없이 공장에서 대량 생산 되어져 나온다고 했다.

그래서 잔인성과 멀어져 있는 듯이 보였다. 하지만 결국 요구에 따라 생명들이 죽기는 마찬가지므로 생명 존중의 개념과는 거리가 멀었다.

인간은 죽이는 자의 위치에 올라 있었다. 수많은 생명들이 인간을 위해서 살고, 인간을 위해서 죽어 가고 있었다.

민아는 그 이야기를 들으며 한때는 죽어 가는 개가 불쌍하다며 치료해 준 적이 있었다는 사실을 떠올렸다. 한 마리 생명은 구했었지만, 그 이후 공장에서 대량 생산되어 나온 생명들이 무수히 자기 뱃속으로 들어갔다는 사실을 오늘 알게 되었다.

어마어마한 포식자임이 드러났다….

소수의 범죄자들

이야기를 하는 동안 화면에는 풀숲에서 기어 나오는 거북이 한 마리가 보여졌다. 거북이는 작은 시냇가로 다가가기 위해 엉금엉금 기어가고 있었다. 하지만, 그 모습을 하이에나에게 들키고 말았다. 하이에나는 다가오더니 킁킁 냄새를 맡다가 뒤로 물러나 어리둥절한 표정을 잠시 지었다. 하지만 곧 다가가더니 거북이를 살짝 뒤집어 놓았다.

먹이가 아닌 것을 알고 심술을 부린 것이다. 거북이는 발버둥 쳤다. 하지만 주위에는 아무도 없었다. 하이에나는 미소를 지으며 저 멀리 사라졌다. 그녀들은 화면을 바라보며 이야기를 계속해 갔다. 강탈이란 것에 대해 말했다.

연하: 그런데 인간들 사이에서도 저 동물들처럼 남의 것을 빼앗거나, 남의 영역을 침입하는 일이 분명 있지 않은가? 동물들처럼 포악하지는 않다고 했지만 분명 인간들 사이에서도 침입이나 강탈이 있

지 않을까?

민아: 인간들 사이에서도 분명 있지. 침입, 강탈, 갈취…. 여러 범죄들이 저질러지고 있어. 매일 신문에도 오르내리지.

나리: 응, 그렇지. 도둑이나 사기꾼들, 남의 지갑을 훔치거나 남의 재산을 가로채는 인간들. 그런 사람들이 있어. 분명 있지….

연하: 응, 그래. 있어. 있는 거야….

인간들 사이에서도 침입하거나 강탈하는 경우가 있다고 했다. 동물들의 자유분방한 침입처럼 인간들 사이에서도 자기 마음대로 남에 대해 행동하는 경우가 있다고 했다. 물론 당연한 사실을 말한 것이지만, '동물들에 비하면, 어떤 모습을 하고 있는가'라는 물음이었다. 연하는 이어서 말했다.

연하: 하지만 그런 일들은 극소수야, 극소수. 대부분의 사람들은 남의 것을 훔치지 않지. 침입하지도 않아.

나리: 그래. 대부분의 사람들은 남의 것을 건드리지 않아. 그런 경우는 소수라고 할 수 있지.

연하: 그래, 소수야. 인간들은 타인을 존중하지. 남의 것을 건드리지 않아.

나리: 응, 그렇지.

연하: 교환을 하고 있다는 것만 봐도 알 수 있지. 타인의 의사를 존중한다는 것을 말이야.

나리: 그래, 그렇겠지. 교환으로 질서를 유지하고 있는 거야.

민아: 그래. 교환으로 질서를 유지하고 있어.

남의 것을 훔치거나 약탈하는 사람들은 극소수라고 했다. 극소수의 어떤 사람들만이 범죄를 저지른다. 대다수의 사람들은 교환을 한다고 했다. 교환은 남의 것을 존중하며 얻어 온다는 뜻이었다. 동물들에게서 강탈이나 침입이 당연한 것에 비하면 상호 존중이 이루어져 있는 것이었다. 연하는 이어서 이렇게 말했다.

연하: 대다수의 사람들은 질서를 맞추며 교환을 하고 있는 거야. 그러므로 선량하다고 할 수 있지.

한나: 대다수는 선량하다고?

민아: 대다수는 선량한가?

연하: 응, 안 그래? 우리 사회에 극소수의 범죄자들만 빼면 나머지 사람들은 다 선량하고 질서를 잘 맞추는 거야. 그렇지 않아?

나리: 음, 그런지도 모르지. 사람들은 질서를 맞추려고 노력해.

연하: 응, 질서를 맞추려고 노력해. 질서를 맞추는 것은 인간의 기본 도리야. 또 질서를 맞추지 않으면 큰일 날 수도 있거든?

대다수는 선량하다고 연하가 주장했다. 범죄자는 소수로 그친다고 하였다. 질서를 대부분의 사람들이 맞춘다고 하였다. 질서를 안 맞추면 큰일 난다고도 하였다. 나리도 동감을 표시했다.

민아: 질서를 맞추지 않으면 처벌을 받게 될 거야.

나리: 그래, 그럴 거야. 처벌받게 될 거야. 저벌받을 거면 안 하는 게 낫지.

연하: 응, 당연하지. 처벌받을 거면 안 하는 게 낫지. 위험을 무릅쓰고 모험을 할 이유는 없지.

처벌받을 수도 있으며 처벌받을 것이면 안 하는 게 낫다고 했다. 괜히 일을 저지르고 손해만 보는 경우가 일어날지도 모른다. 그런데 나리는 그에 대해 이렇게 말했다.

나리: 그렇다면 범죄를 저지르지 않는 까닭은 바로 인과 관계를 알기 때문이 아닐까? 즉, 범죄를 저지르면 처벌을 받는다는 걸 알기 때문에 범죄를 저지르지 않는 것인지도 몰라.

한나: 뭐? 처벌을 받는다는 것을 알기에 범죄를 저지르지 않는다고?

연하: 인과 관계? 범죄가 원인이 된다는 걸 알기 때문이라고?

인과 관계를 알기 때문에 범죄를 저지르지 않는다고 나리가 말했다. 결과가 어떨지 알기 때문에 범죄를 저지르지 않는다는 뜻이었다.
그 말에 한나와 연하, 민아는 잠시 놀랐다.

나리: 그것은 반대로 말하면, 처벌이 없다면 범죄는 지금보다 더 많이 일어날 수 있다는 것이지.

연하: 처벌이 없다면 범죄는 더 많이 일어날 것이다?

한나: 처벌이 없다면 정말 그럴지도 모르겠군.

민아: 정말 그렇겠는걸? 더 많이 일어날 것 같아. 그럼 어떻게 되지? 단지 위험하기 때문에 범죄를 저지르지 않는 것인가? 선량하다고 했잖아?

처벌이 없으면 범죄도 더 많이 일어날 것이라고 했다. 처벌이라는 위험 부담이 사라져 범죄들은 고개를 들고 일어난다.
민아와 연하는 어리둥절한 표정을 지었다.

나리: 응. 비록 범죄를 저지르지 않는다 해도, 그 이유가 단지 자신의 처벌받음을 두려워해서라면, 진정 범죄를 싫어하는 것은 아니지. 단지 자기 보호에 열중하는 것일 뿐이지.

연하: 단지 자기 보호? 그렇겠군. 자기가 위험에 빠질까 봐 범죄를 저지르지 않는 것이군.

민아: 단지 자기 보호라니…. 남의 것을 건드려 이익이 되기는커녕 손해 볼것을 미리 알기에 회피한다는 것인가?

나리: 으음, 자기 보호란 것은 매우 당연한 일이겠지만, 그 속에 타인에 대한 개념이란 없어. 타인이 어떻게 되어도 알 바 아니지.

한나: 타인이란 안중에 없는 것이구나….

민아: 타인의 피해는 알 바 아닌 것이군….

나리: 응, 그렇지. 모두가 그렇지는 않겠지만, 분명히 그렇게도 말할 수 있어.

민아: 그렇군. 인간들은 그 정도로 영악하군. 겉으로는 평화를 실현하고 있군. 으음….

범죄를 저지르지 않는 까닭은 단지 자기를 보호하기 위해서라고 했다.

타인을 존중해서도 아니고 질서를 맞추기 위해서도 아니고 단지 자신이 손해나는 행동은 하지 않는 것을 의미했다. 처벌로 인해 범죄는 차단되고 있으며 이 사회는 그렇게 평화로운 모양새를 갖추고 있었다. 나리가 그렇게 말하자, 인간들 대다수는 선량할 것이라는 견해도 수정하지 않을 수 없게 되었다. 무턱대고 평화로운 모양새를 하고 있는 것을 보고 선량하다고 하고 있는 것 같았다. 모두가 그렇지는 않겠지만, 다수가 그런 잠재적인 범죄 의식을 가지고 있는 것 같았다.

문득 연하는 자책감이 느껴지며 긴장하게 되었다. 자신도 처벌이 없다면, 중범죄까지는 아니더라도 남을 신경 쓰지 않는 여러 잘못들을 저지르기 때문이다. 언뜻 보니 민아도 긴장하는 것 같았다. 표정이 일그러지며 어설프게 눈을 깜빡이기도 했다. 내심 자책감을 느끼는 것 같았다. 계속해서 범죄에 대한 이야기가 이어졌다.

민아: 그럼 처벌로 인해 범죄가 차단되면 어떻게 되지? 우리 사회는 이미 그렇게 해 오고 있잖아? 처벌을 내세우며 사람들을 제지하고 있잖아?

나리: 응, 그렇지. 그렇게 해 오고 있어. 그래서 안심하면서 살지. 하지만 범죄가 차단되었을 뿐, 범죄 의식은 남아 있는 거야.

민아: 범죄 의식은 남아 있군?

나리: 응. 범죄는 차단되었지만 범죄를 저지르고 싶은 욕구는 남아 있는 거야.

민아: 아, 욕구는 남아 있군. 욕구로 인해 선량하다고 할 수도 없겠군. 그럼 어떻게 되지? 범죄에 대한 가능성이 있다는 말인가?

나리: 그래, 있지. 가능성이 있지. 사람들 각자에게 가능성이 있는 거야. 그런 가능성들이 잠재되어 있지.

연하: 아, 그렇군. 놀라운 사실이야….

한나: 정말 그래. 범죄에 대한 가능성이 누구에게나 있나니 말이야….

처벌로 인해 범죄가 차단되어도 범죄 욕구는 남아 있다고 했다. 잠재되어 겉으로는 잘 드러나지 않는다고 했다.
겉으로 모양새를 잘 갖추어, 속은 어떻게 되어 있는지 알 수 없다.
한나의 생각에 범죄자는 도처에 있는 것 같았다.
한나가 이렇게 말했다.

한나: 이기성이 쌓여 있는 것인가?

나리: 응, 이기성이 쌓여 있는 거야. 커다란 이기성이 쌓여 있는 거야.

한나: 으음, 그렇군….

이기성이 쌓여 있다고 했다. 다른 사람의 피해를 의식하지 않는 잠재적 욕망이 쌓여 있다.

민아: 그렇다면 그 이기성들은 다 어디로 향하게 되지? 이기성들이 쌓이기만 한다는 것인가? 잠재된 이기성들이 어떻게든 드러날 것 아냐?

나리: 그래, 그렇겠지.

한나: 드러나는 건가?

'이기성들은 다 어디로 향하게 될까'라고 민아가 물었다. 단지 잠재되어 있지는 않을 거라고 민아는 생각했다. 나리가 그에 대해 대답했다.

나리: 그 이기성들은 어떤 기회를 맞이하여 나타나게 되지. 어떤 기회들 말이야. 평소엔 가로막혀서 할 수 없었던 그런 일들. 실제로 위급 상황이 닥쳐 봐? '남들도 저렇게 하는데 나라고 빠질 수 없지'라고 하게 되면서, 평범하던 사람도 범죄를 서슴지 않게 될지도 몰라. 그땐 대혼란을 맞이하게 되는 것이지.

민아: 아, 기회를 맞이하여 이기성이 드러나는군….

연하: 요행스런 기회들…. 그렇군. 그런 것을 맞이하여 돌변하게 되는 것이군.

나리: 응, 요행스런 기회들. 드문 기회들이지. 똑똑한 사람일수록 그런 기회를 잘 안 놓치는 거야. 예를 들면 재난이 발생했을 때 남의 것을 훔친다든가, 감시가 허술한 틈을 타 속임수를 쓴다든가 하는 것들이 그런 것들이지. 평소에는 가로막혀서 할 수 없었던 일들을 그때에 할 수 있게 되는 거야. 그리고 한몫 챙기고 나면 뿌듯하지.

민아: 그렇군…. 조건이 좋아질 때, 이기성들이 나타나게 되는 것이군.

연하: 맞아. 조건이 좋아지면 그렇게 되는 거야. 인간은 기회를 놓지지 않아.

나리: 응, 이성적이기 때문에 기회를 놓치지 않는 것이지.

요행스런 기회들을 맞이하여 잠재된 이기성들이 바깥으로 드러난다고 하였다. 평범하던 사람이 돌변하여 범죄자가 될 수도 있다고 했다. 약탈, 방화를 서슴지 않는 사람이 되는 것이었다. 연하는 그렇게 듣고 보니, 원래 범죄자란 단지 두려움이 없는 사람일 뿐, 두려운 요소들을 제거하고 나면, 범죄자가 되는 것 같았다. 두려움 속에서 벌벌 떠는 사람이 범죄를 저지르기란 쉽지 않다. 그 두려운 요소들을 제거해 줘야 범죄를 저지른다. 그렇게 생각하니 범죄자는 도처에 있는 것 같았다.

피해를 입는 사람도, 범죄자의 잠재된 모습일 뿐이라고 생각하니 이 사회는 마치 범죄자들의 소굴처럼 느껴졌다. 민아가 계속 말했다.

민아: 위기 상황이 아니라 해도, 잠재적인 이기성들은 어떻게든 드러날 것 같아. 우린 이미 독점이란 것에 대해서 말했었잖아? 그리고 선점에 대해서도 말했었어. 자기 위치가 좋아지면 그 위치에서 한껏 위력을 발휘한다고 말이야.

나리: 응, 그랬었지.

연하: 그래, 말했었지. 독점과 선점, 강탈까지…. 정말, 기회를 놓치지 않아.

나리: 적절한 조건만 갖추어지면 이기성은 언제든 드러날 수 있는 거야. 이기적인 인간은 그 본능을 참을 수 없는 거야. 그러니까 인간은 이성적이기 때문에, 아무렇게나 이기성을 드러내지 않는 거야.

민아: 이성적이기 때문에 감추어야 할 때 잘 감추는 것이군.

나리: 응, 그렇지.

한나: 아…, 인간은 그런 동물이군. 아까는 이성적이어서 곡식도

기를 수 있고, 대량 생산도 이루고 있다고 했는데, 이젠 격이 달라졌어. 이성적이어서 이기성을 감출 수도 있다고 해야 하다니, 인간의 양면성은 놀라워….

나리: 이기성을 이성적으로 조율할 수가 있는 거야.

연하: 음, 인간의 능력과 비열함은 놀랍군.

독점에서 선점, 강탈까지 이기성의 나열이었다.
이기성을 조절하며 유리할 때 드러내고, 불리할 때 감추는 것이었다.
인간의 양면성은 놀랍다고 했다. 언제나 이기적이기만 한, 동물들과 달리 이기성을 잘 조절해 나가는 인간이었다.

한나는 속으로 생각했다. 이 사회는, 남들에게 뒤처지지 않기 위해서라도 자신의 이익을 잘 챙겨야 하는 곳이 되어 있다.
좋은 기회인데도 놓친다면 그 사람은 바보 취급을 받을 것이다. 그래서 한나에겐 사회란 좋은 기회를 잘 잡고, 잘 이용하는 사람이 선두에 서는 것처럼 보여졌다. 그녀들은 계속해서 이 논의를 이어 갔다.

연하: 잠재된 이기성들로 인해 이 사회는 끊이지 않는 대립과 갈등 속에 빠져 있는 것 같아.

연하가 한숨을 내쉬며 그렇게 말했다. 민아도 우울한 표정을 지었다.

한나: 끊이지 않는 대립과 갈등 속이라니…. 아, 앞으로 살아갈 날이 막막해. 내가 만나는 사람들이 죄다 잠재된 이기성을 갖고 있을지도 모른다는 것 아냐? 경계하지 않으면 당하겠는걸?

나리: 나도 그래. 긴장하지 않을 수 없는 사실들이야.

연하: 그래, 맞아. 긴장해야 해….

민아: 교환으로 애써 질서를 유지하고 있지만, 단지 큰 탈을 막는 선에서 그치는 것 같아. 우리 사회는 왜 이리 모순과 악순환에 빠져 있을까?

그녀들은 실망의 한숨을 내쉬었다. 사회는 겉모습이 단지 평화로워 보일 뿐이었다. 사회는 꿈을 실현하고, 사람들과 화목하게 지내기 위한 터전이 아니었다. 누가 이기성을 표출할지 모르므로 경계해야 하며, 평화로운 분위기 속에서 자기 손해를 매번 검사해 나아가야 하는 곳이 되어 있었다. 이 사회는 겉으로는 평화로워 보였으나, 그 속은 썩어 있는 것이나 다를 바 없었다. 민아와 연하, 나리는 모두 깊은 한숨을 내쉬었다….

이기성을 줄이다

　　그녀들이 보고 있는 동물 영상물에서는 새로운 장면이 펼쳐지고 있었다. 개의 일종인 자칼 무리들이 등장했다.

　　이들은 작은 체구에 큰 귀를 가지고 있어, 언뜻 귀여워 보였다. 하지만 이들은 육식 동물이었고, 떼를 지어 다니며 초식 동물들을 위협했다. 다람쥐처럼 생긴 미어캣 한 마리가 그들을 보고 신호를 보냈다. 그러자 집단의 다른 미어캣들은 곧장 굴속으로 피신했다.

　　경계 태세가 항상 갖추어져 있는 미어캣들이었다.

　　표범이 가젤을 사냥한 후 힘겹게 끌고 가고 있었다. 나무 위에 얹어 놓기 위해 나무 있는 곳까지 운반하고 있었다. 하지만 그 광경이 자칼 무리들의 눈에 띄고 말았다. 자칼들이 몰려들어 먹이를 물고 놓아주지 않자, 표범은 먹이를 포기해 버렸다.

　　초식 동물인 가젤이 새끼를 데리고 다니고 있었다. 새끼는 태어난

120

지 얼마 되지 않아 걷기가 쉽지 않았다. 지나가는 들개 무리를 보았지만 새끼는 태연했다. 처음 보는 가족인지도 모른다고 생각하고 곧 다가가기 시작했다. 하지만 들개 한 마리가 갑자기 덤벼들었다. 새끼는 놀라 뛰쳐 달아났다. 곧 넘어져 들개들에 잡혔다. 하지만 어미가 그들을 물리쳐 무사할 수 있었다. 새끼는 처음으로 위험한 세상을 실감한 듯했다.

세렝게티 평원은 어린 새끼들에게는 무섭기만 한 곳이었다. 잠재된 포식자들이 넘치는 곳이었다. 경계하지 않으면 당하는 곳이었다. 그 장면을 뒤로 하고 나리가 이렇게 말했다.

나리: 강탈은 매우 이기적이야. 그에 비해 교환은 덜 이기적이지. 그렇다면 교환에서도 이기성을 줄인다면 어떻게 될까?

민아: 뭐? 교환에서 이기성을 줄인다고?

나리: 응. 이기성을 더 줄이면…, 어떻게 될까?

'교환에서 이기성을 더 줄인다면 어떻게 될까'라고 물었다.
나리의 이 질문은 이기성을 줄인 모습을 드러내는 출발점이었다. 이야기가 계속 이어졌다.

민아: 음…, 이기성을 더 줄인다면, 아마 자기 쪽이 더 많이 주려고 하게 되겠지. 이기성이 떨어졌으므로 자기 몫을 덜 챙기려 하게 되겠지.

나리: 그래, 그럴 거야. 자기 쪽이 더 많이 주려고 하게 되겠지.

이기성을 줄인다면 자기 쪽이 더 많이 주려 하게 된다고 하였다. 이기적이란 것은 자기 욕심을 챙기는 것이므로 이기성을 줄인다는 것이, 상대편에게 더 많이 건네준다라는 것은 당연한 것 같았다. 계속 이렇게 물었다.

나리: 그럼 교환이 아니라 아예 무료로 준다면 어떻겠어? 이기성이 전혀 없는 것 아닌가?

민아: 아예 무료로 준다면? 정말 무료로 준다면 이기성이 없다고 할 수 있을 것 같은데?

연하: 그래, 맞아! 무료로 준다면 이기성이 없을 거야.

한나: 이기심이 없는 것인가? 전혀 없는 것인가?

민아: 응, 전혀 없을 거야. 무료로 주는 것인데 어떻게 이기성이 있을 수 있겠어? 없지.

나리: 그래, 없겠지. 없을 거야.

한나: 아, 없구나.

교환에서 이기성을 더 줄이면 단지 무료로 주기만 하게 된다고 하였다. 무료로 준다는 것은 상대방에게 요구하는 것이 없어서 이기성이 없을 거라고 하였다. 무료라는 것은 '대가 없이'란 뜻으로 말해졌다. 받는 것이 없다는 뜻이었다. 나리가 이어서 이렇게 말했다.

나리: 무료로 준다는 것은 베푼다는 것이야. 베푼다는 것. 이기성이 전혀 없이 베푸는 것이지.

연하: 베푼다는 것···. 아, 그렇군.

민아: 그래, 베푼다는 것이겠지.

나리: 선심을 가지고 베푸는 거야. 선심. 착한 마음이지. 남을 더 챙기는 마음이야.

민아: 아, 착한 마음, 선심. 그렇군···.

연하: 착한 마음을 가진 사람들이 그렇게 하는 것이군. 누군가를 위해 봉사하는 것이군.

나리: 응, 그렇지.

선심은 남을 더 챙기는 마음이라고 했다. 착한 마음이 자리 잡고 있어서 남을 더 챙기는 것이라고 하였다.

연하: 그렇다면 그런 사람도 있다면, 이 사회에 이기성만 무작정 넘치는 것은 아니란 얘기잖아? 선심을 베푸는 사람도 있는 것이잖아?

나리: 응, 그렇지. 있지. 남을 더 챙기는 사람이 있는 거야.

한나: 그런 사람들도 있군. 자기 욕심으로 가득 찬 세상인데 말이야.

이기성이 넘치는 사회만을 말해 왔으나, 선심에 대해서도 말해지게 되었다. 이 사회에 선심을 가진 사람도 있다고 했다. 남을 더 챙기는 사람이라고 했다. 민아가 선심에 대해서 이렇게 말했다.

민아: 사실 우리들도 누군가에게 베푼 적이 있잖아? 무료로 준 적이 있지 않아?

무료로 준 적이 있지 않냐고 물었다. 선심이란 얘기가 나오니, 일단 그렇게 보여야 할 것 같았기 때문이다. 그래서 선심이 있었던 경우들을 먼저 말해야겠다고 생각하게 되었다. 자기의 예를 꺼냄으로써 욕을 먼저 얻어먹는 경우를 방지하기 위해서였다.

연하: 아, 물론 있지. 베풀었던 경우는 물론 있지. 나도 선심을 가지고 있으니까 말이야. 으음, 난 예전에 지나가던 개에게 먹이를 준 적이 있었어. 그 개가 먹이를 찾는 것을 보고 불쌍해 보였거든? 그래

서 먹다 남은 오징어 조각을 던져 주었었지.

나리: 아, 오징어 조각…. 굉장한 베풂이구나. 씹히지 않아서 줬던 건 아니었겠지?

연하: 아냐, 아냐. 베풂을 실천해야겠다 하고 줬던 거야.

민아: 아, 그렇군. 굉장해. 그 개는 살아났겠군.

연하가 개에게 먹이를 준 적이 있었다고 했다. 선심을 베푼 경우라고 했다. 민아는 놀랐다.

민아: 그렇다면 나도 베푼 적이 있어. 난 예전에 동네 아이들에게 과자를 무료로 준 적이 있지. 우리 집에 그때 명절날 받은 과자들이 가득 쌓여 있었거든. 그래서 무료로 나누어 주었었지.

나리: 아. 그랬군. 남아도는 것을 주었었군.

한나: 그것도 굉장한 베풂이구나!

민아: 응, 그렇지. 그때 우리들은 이기심이 없었던 거야.

연하: 그래. 우리들에겐 이기심이 없었던 거야.

민아: 음…, 흐뭇한 사실이지.

민아도 베푼 적이 있다고 하며 자기의 경우를 말하였다. 하지만 그건 방 안에 쌓여 있던, 생산 날짜가 한참 오래된 과자였다. 겨우 그런 걸 주다니, 나리로선 헛웃음만 나올 뿐이었다.

한나 역시 그런 걸 자랑이라고 내뱉는 언니들이 망측해 보였다. 하지만 또 생각해 보면 이기성이 없는 경우라는 것은 부인할 수 없는 것 같았다. 교환은 아니기에 이기성은 없었다고 할 수 있었다.

나리가 잠시 생각해 보다가 그에 대해 이렇게 말했다.

나리: 그런데 무료로 준다고, 다 이기성이 없다고 할 수 있을까? 분명히 남아돌아서 주었다고 했어. 그선 뭐지?

그렇게 물었다. 남아돌아서 주었다는 부분이 무엇을 의미하냐고 물었다. 민아는 아무렇지도 않게 이렇게 대답했다.

민아: 남으니까 주는 것이지. 남아돌아서 주는 것 아닌가?

당연하다는 듯이 남아서 주는 것이라고 말했다. 나리가 이어서 말했다.

나리: 아…, 그 말도 일리가 있어. 남으니까 주겠지.

연하: 응, 남으니까 주지…. 부족한데 줄 수도 있나?

자신들이 이야기한 것이 부끄러울 것이 없는 양 당연하다는 듯한 말투로 이야기했다.

나리: 음…, 하지만 그런 것이 굳이 베풀려는 자세를 의미하는 것 같지는 않아. 적극적으로 베풀려는 자세를 의미하지는 않는 것 같아. 안 그래?

연하: 으음…, 그런가?

민아: 그래, 동감이야. 적극적으로 베풀려는 자세는 아닌 것 같아.

연하: 으음, 그렇군….

그런 선사는 베풀고 싶은 마음이 없는 상태라고 하였다. 버리기보다 다른 사람에게 주는 것이 낫다고 생각하면서 주는 것이라는 의미였다. 아마도 버리는 것에 가깝다고 한나는 생각했다.

민아: 아, 그럼 남아서 주는 것이 아닌, 진정 준다는 것이 되려면 어떻게 해야 하지? 어떤 게 진정 준다는 것이 될 수 있지?

연하: 새것을 줘야 하나?

민아: 부족한 것을 줘야 하나?

진짜 준다는 것은 어떤 것이어야 하는지 물었다.

고개를 갸우뚱거렸다. 그에 대해 나리가 이렇게 말했다.

나리: 아무래도 우습게 여기고 주는 것보단 정성스레 주는 것이 진짜 준다는 것에 가까울 거야. 상대방을 생각하고 진심으로 주어야 할 거야.

정성이 가미되어야 한다고 말했다. 무턱대고 주면 안 된다고 하였다.

연하: 정성스레? 아, 정성이 가미되어야 하는군….

민아: 정성이 필요한 것이군. 무턱대고 줘서는 안 돼.

나리: 응, 그렇지. 정성이 필요해.

민아: 정성이 가미되면 어떻게 되지?

정성이 가미되면 어떻게 되냐고 물었다.

연하: 푸짐하고 거창해야 하나? 아니면 세련되고 단아해야 하나?

나리: 으음, 정성…. 그런 게 아니지. 정성이란 말이야, 예를 들면, 소중한 친구에게 선물을 줄 때가 있지. 소중하기 때문에 선물을 잘

고르려고 하는 거야. 아무거나 받으라고 하진 않지. 정성이 가득 담긴 선물인 거야. 그래서 남아도는 것을 줄 때와는 다르지.

연하: 아, 그렇구나. 그런 경우 진정 주는 경우라고 할 수 있겠군. 정말 그래.

한나: 그 말이 맞을 것 같아. 선물…. 선물을 마련하여 준다면 정성이 가득 담겨 있을 것 같아.

연하: 선물을 줄 때는 상대방을 위해 고민하게 될 거야. 지갑, 가방, 머플러, 예쁜 시계…. 어느 것을 고를까 고민하게 될 거야. 그리고 많은 돈을 들여 선물을 사게 되겠지.

나리: 응, 그렇지. 친구가 기뻐하기를 바라는 마음에서 그렇게 선물을 마련하는 거야. 남아도는 것을 줄 때와는 다르지. 그러므로 이기성이 없이 준다는 것은 무엇보다 선물처럼 줘야 해. 선물 줄 때의 마음이 필요한 거야.

연하: 그렇군. 선물 줄 때의 마음…. 그럼 그건 진정 선사라고 할 수 있는 것이군?

나리: 그래, 그렇지. 진정한 선사지.

선물은 이기성이 없는 것이라고 하였다. 선물은 그 사람을 생각하며 정성스레 마련하는 것이기 때문에 남아도는 것을 줄 때와 다르다고 했다. 상대방을 생각하며 정성스레 마련한 선물이 진정한 선사라고 말하게 되었다⋯.

잠시 민아는 지난날 선물 받은 것들을 떠올려 보았다.

어린 시절, 소꿉친구로부터 잠옷을 선물받았었다. 과일 모양이 수놓아져 있는 예쁜 잠옷으로 고급스런 원단을 하고 있었다.

동생도 탐내는 그런 잠옷이었다. 하지만 그 당시엔 커서 입지 못하고 있었다. 지금에 와선 자신의 체격에 꼭 맞아서 입기 편해졌다. 그 친구가 먼 미래를 내다보고 선물한 잠옷 같았다. 우정이 오래가기를 바라는 마음이 담겨있는 듯 하지만, 그 친구와는 이미 금전 문제로 헤어졌다.

선물의 의도

그녀들은 계속해서 화면을 바라보았다. 화면에는 건기 동안의 메마르고 황량한 풍경이 보여졌다. 비가 몇 개월째 오지 않아 대부분의 풀들이 메말라 있었다. 초식 동물들은 풀을 섭취하지 못해 야위어 있었다. 겨우 남아 있는 물웅덩이로 많은 초식 동물들이 몰려 있었다. 웅덩이는 초식 동물들에게 선물과도 같은 존재였다. 그녀들은 이야기를 계속 이어 갔다.

민아: 선물은 이기성이 없는 것이군. 교환에서 이기성을 줄인다면 선물처럼 되는군.

나리: 그래, 그렇지. 이기성을 줄이면 선물처럼 되지.

연하: 선물을 주어야 하는 것이군. 이기성이 없이 주려면 선물을 주어야 해.

그녀들은 선물이 이기성이 없다는 것을 재차 말하였다.
하지만 나리는 또다시 부정적인 어투로 이렇게 말했다.

나리: 아…, 그런데 선물이, 다 같은 선물이 아니라는 점을 명심해 두어야 해. 선물이 이기성이 없다고는 했지만 선물에 따라서는 그렇지 않을지도 몰라. 반드시 이기성이 없다고만은 할 수 없을지도 몰라.

연하: 뭐? 반드시 이기성이 없는 것만은 아니라고?

민아: 뭐? 아니라고?

한나: 어째서지?

나리가 선물을 미화했었지만, 금방 부인하며 이기성이 없는 것만은 아닐 수 있다고 했다. 민아와 연하, 한나는 그게 무슨 뜻일까 궁금했다. 살짝 놀랐다. 어깨를 움츠리고 눈을 동그랗게 떴다.
반드시 이기성이 없는 것만은 아니라는 말에 대해 나리는 이렇게 말했다.

나리: 음…, 선물이란 것도 때때로 어떤 의도가 담겨 있을 수 있지. 의도 말야. 의도에 따라 선물의 질도 달라지는 거야.

민아: 뭐? 의도?

손님 2호

연하: 의도? 의도라니?

한나: 선물이 어떤 의도를 담고 있나?

선물에 따라 의도가 있다고 했다. 주는 이유가 따로 있다는 뜻이었다. 나리는 고민하는듯이 눈을 아래로 내리깔면서 곧 이렇게 말했다.

나리: 나도 선물을 여러 번 주고받아 보았었지만, 내가 지난번 친구 생일에 선물을 주었을 때, 보답을 바라면서 줬었어. 보답 말이야. 보답이라는 의도가 깔려 있었어.

민아: 뭐? 보답을 바라며 줬었다고?

연하: 보답?

한나: 보답을 바랐다고?

나리는 보답을 바라면서 선물을 줬었다고 말했다.
선물을 주면서 어떤 받을 것을 기대한다는 뜻이었다.

나리: 응, 보답을 바라며 줬었어. 그 친구가 선물을 받고 기뻐한다면, 내게도 덩달아 좋은 보답으로 되돌아올 것이라고 생각했었어.

연하: 아…, 그랬군. 보답…. 보답을 바라며 줬었군.

한나: 좋은 결과로 되돌아올 것을 기대했었군.

민아: 으음, 보통 선물을 줄 때 보답을 바라게 되지.

나리: 응, 그렇지.

보답은 보통 바라게 된다고 하였다. 그게 선물 줄 때의 심리인 것 같았다. 선물은 보답을 바라면서 주기도 하는 것이라고 하여 이기성이 없다고만은 할 수 없었다. 민아가 이렇게 물었다.

민아: 그럼 보답을 바라면서 준다는 것, 그건 대체 무엇을 의미하지? 그로 인해 이기성이 없다고만은 할 수 없게 되잖아. 그것에 대해선 어떤 설명을 할 수 있지?

민아는 그것은 무엇을 의미하냐고 물었다. 그에 대해 어떤 이야기가 전개될지 궁금했기 때문이다. 나리는 약간 상기된 표정으로 이렇게 말했다.

나리: 보답을 바란다는 것은 속마음이야, 속마음. 겉으로 드러나지 않지.

민아: 그래. 겉으로 드러나지 않지. 속마음이야.

연하: 속마음일 거야.

한나: 속마음….

보답을 바라는 것은 겉으로 드러나지 않는 속마음이라고 하였다. 속으로 보답을 기대하는 마음을 가지고 있는 것이었다. 나리가 계속 말했다.

나리: 겉으로 드러나지 않는 이상, 요구는 아니야.

민아: 그래. 요구는 아니야. 달라고 요구하지는 않아.

나리: 응, 그렇지.

민아: 응, 그래.

한나: 그래서?

요구는 아니라고 했다. 대놓고 요구하는 것은 아니었다. 한나가 '그래서?' 하고 물었다. 나리는 이어서 말했다.

나리: 요구하지 않는다면, 교환은 아니야.

민아: 그래, 교환은 아니야. 주고받는 교환은 아닌 거야.

연하: 그럴 거야. 아닐 거야.

교환은 아니라고 했다. 서로 주고받는 교환은 아니었다.
민아는 나리의 표정을 계속 쳐다보았다.

나리: 으음, 하지만 나중에 보답이 돌아오면 교환이 되는지도 모르지….

민아: 뭐? 나중에 보답이 되어 돌아온다면 교환이 된다고?

나리: 응. 보답이 돌아온다면, 주고받기를 한거나 마찬가지이므로 교환이 되는 것이지.

연하: 아, 그런가?

보답이 되어 돌아온다면 교환이 되는 것이나 마찬가지라고 했다. 과연 보답이 되어 돌아온다면 교환이 되는 것 같았다. 민아는 흠칫 놀랐다.

민아: 정말 그런가? 교환이 되는 것인가?

한나: 그 말도 일리가 있네? 정말 교환이 되는 것이군.

연하: 교환이 되다니…. 선사가 결국 교환이 되는 건가?

나리: 으음, 그렇게 되는 거야. 그렇게 될 수도 있는 거야.

한나: 처음엔 주었지만, 받음으로써 교환이 되는 건가? 그럼 교환한 건가?

보답을 바란다는 것은 속마음으로만 간직하고 있는 것이어서 요구는 아니라고 했으나, 보답이 되어 돌아온다면 결과적으로 교환이 되는 것이라고 했다. 겉으로 '이것과 저것을 바꾸자'라고 한 표현이 없을 뿐이다. 주고받았으므로 교환인 것이다.
민아는 이것에 다시 회의감이 들었다.

민아: 교환이 되다니. 선물을 줬는데, 다시 보답으로 선물을 받으니까 교환이 되다니. 그건 무엇을 의미하지?

연하: 정말 무엇을 의미하지?

나리: 음, 실제로 그런 거야. 그렇게 되기도 하는 거야.

민아: 으음….

무엇을 의미하냐고 물으며 난감한 표정을 지었다. 선물을 미화했던 순간이 지나고, 선물에 대해 회의적으로 돌아서게 되었다. 연하는 씁쓸한 표정을 지었다.

연하: 그렇군. 그렇게 될 수도 있는 것이군.

나리: 응, 그렇게 될 수도 있어.

민아: 아, 그럼 많은 선물들이 다 주고받음 속에 있는데…, 다 교환한 건가?

나리: 그럴지도 몰라.

연하: 다 교환한 것이군. 으음….

대개의 선물들이 교환이나 마찬가지라고 했다. 선물은 더 이상 주기만 하는 것이 아니었다. 선물을 받는 기쁨은 잠시일 뿐이었다. 추가로 이렇게 말했다.

민아: 그럼 대개의 선물들이 이기성이 없다라고 할 수도 없겠군. 선물을 주면서 이기성이 배어 있어.

나리: 그래. 이기성이 없다고 할 수 없어.

한나: 음, 그렇군….

연하: 으음, 그래. 그렇군.

이기성이 없다고 할 수 없었다. 보답을 바라면서 이기성을 내포하고 있었다. 연하가 다시 반문하였다.

연하: 하지만, 교환과는 다르지 않겠어? 교환은 정당하게 요구하는 데가 있지. 이것과 저것을 바꾸자. 그에 비해 속마음만으로 간직하고 있다는 것은 애매한 데가 있어. 반드시 보답해야 할 필요는 없어. 선물은 받았으면 그만이고, 고마움을 표시하면 그만인 거야.

민아: 그래, 맞아. 반드시 보답해야 할 필요는 없어.

나리: 그래, 그렇겠지. 보답을 반드시 해야 할 필요는 없어.

한나: 그럼 받기만 하면 되는 것인가?

나리: 그래. 받기만 하면 돼.

연하: 그런가? 으음….

반드시 보답해야 할 필요는 없다고 하였다. 일단 받기만 하면 된다고 하였다. 이익을 챙기고자 한다면, 받기만 하면 된다는 뜻이었다. 하지만 받기만 한다는 것은 뭔가 이상해 보였다.
그녀들은 고개를 갸우뚱거렸다. 논의는 계속 이어졌다.

연하: 하지만 받기만 하다니 뭔가 이상해. 받은 만큼 주어야 정상

이라고 느끼지? 받았는데 안 줄 수 있나? 받게 된 이상 주게 될 거야.

민아: 그래. 그것도 맞는 말이야. 받은 만큼 주어야지. 안 줄 수 있나? 예의상 주게 되는 거야.

나리: 음…, 예의를 챙긴다면 주고받아야겠지. 받고 '행복해'라고만 할 순 없어.

한나: 응, 그렇겠지. 받기만 할 순 없어. '내 것도 받아'라고 해야지.

연하: 응, 그래야지. 그래서 보답을 하게 돼.

민아: 아…, 보답을 하게 되는군.

연하: 그럼 어떻게 되지? 예의상 보답을 하게 되는 것이잖아? 역시나 주어야 하는 것일까?

보답을 안 할 수도 있겠지만 예의상 하게 된다고 하였다. 선물을 받고 나서 '잘 받았다'라고만 한다는 것은 괜히 부담스럽다고 하였다. 상대방에게 무례한 것처럼 보이고, 선물 하나로 관계에 금이 가게 되는 것 같았다. 그에 대해서 논의가 계속 이어졌다.

나리: 선물은 받고 나서 주어야 하므로 부담인 거야. 물건을 사면, 내 돈 주고 사는 것이고 그걸로 끝나지만, 선물이란 보답을 가정한

것처럼 보여서 부담스러울 수밖에 없는 거야. '보답을 안하면 어떻게 되지?'라고 의문을 품게 되는 것이지.

연하: 그래, 그럴 거야. 선물을 받고 나서 여러 가지 생각이 들거야. '안 주면 어떻게 되지?', '내 것은 좋게 보일까?' 이런 생각….

민아: 그래, 맞아. 난감해지는 상황을 맞이하게 될 거야. 그렇다면 차라리 대놓고 이것과 저것을 바꾸자고 하는 게 낫지.

연하: 음…, 그럴 것 같아. 서로 바꾸는 게 나을 것 같아.

한나: 교환이 더 낫다는 얘기군.

민아: 선물이란 결국 부담으로 작용하는구나.

나리: 상대방도 알 거야. '저 사람은 다음엔 자기에게 돌아올 것을 기대하고 있겠지?'라고 하면서 알 거야.

민아: 그래, 알 거야. 그런 시선을 받게 되겠지.

한나: 으음…, 그렇군.

무료로 주는 것처럼 보이는 선물에도 주는 사람의 어떤 의도가 깔려 있어서, 때에 따라선 부담만 느껴지게 될 수도 있었다. 상대방이

'보답을 안 해 오네?'라고 하면서 앙심을 품을 경우, 차라리 안 받는 게 낫다고 민아는 말했다. 이런 의아한 부분과 모순으로 인해, 선물은 더 이상 미화할 수도 없었고, 당연히 이기성이 없다고 할 수도 없었다.

민아: 아, 그럼 이제 어떻게 되는 것이지? 매우 심각한 일 같아. 이기성이 없을 것 같은 선사에도 이기성이 담겨 있는 것 아냐? 보답을 바란다는 이기성이 담겨 있는 것 아냐?

연하: 응, 이기성이 담겨 있어. 이기성이 잠재되어 있어. 겉으로 드러내 놓으면 손해일 것 같으니까 감추어 두고 있는 것 같아.

한나: 그래, 정말 그래. 이기성이 담겨 있어. 선물이란 마치 '고마움이나 느껴라', '부담이나 가져라' 하면서 건네주는 것 같아.

민아: 와, 굉장한 인간의 심리야. 이젠 선물에 대해 회의적으로 변했어….

선물에 대해서 그녀들은 그렇게 회의적인 태도로 돌아섰다. 주고받을 때는 기쁜 표정을 짓지만, 결과적으로 교환이 되면서 서로 예의를 지킨 것에 불과한 행위가 되는 것이 선물이었다.

선물은 주는 것처럼 보일 뿐 상대에게 부담을 가중시키고 서로의 드러나지 않는 교환으로 인해 관계에 갈등을 부추기는 것임이 드러났다.

연하는 그동안 받았던 선물들을 되돌아보았다.

그 선물들을 건네준 사람들에게 다 되돌려주고 싶었다.

선물을 준 사람과 마찰이 있었던 경우들은, 다 그 선물들 때문인 것 같았다. 보답을 바라고 있다는 걸 눈치채지 못하고 지나갔기에, 그런 불상사가 생기게 된 것 같았다. 마치 그 사람들이 자신을 대상으로 암묵적인 거래를 해 오는 것 같았다.

한나도 처음엔 수긍이 안 가던 내용들이었지만 선물에 대한 그런 설명은 옳아 보였다. 선물이란 정말 부담감을 씌우고 상대방을 공략하려는 의도를 가진 것 같았다. 방 안에 쌓여 있던 선물들을 되돌려주어야겠다고 그녀도 생각했다. 다만 보답했던 선물들은 안 돌려줘도 될 것 같았다. 적절히 교환한 것이기 때문이다.

나리는 자기의 설명이 잘 통했다는 사실에 기뻐했다. 그녀들이 잘 알아듣는 알맞은 전개였다고 생각했다.

보답을 바란다는 선사는, 잠재된 이기성을 갖추고 있음에 불과하다는 사실에 실망하였지만, 그래도 선사에 대한 이야기를 계속해 나아갔다. 민아가 이렇게 말했다.

민아: 그럼 주기만 하고 받기를 원하지 않는 사람들도 있을까? 진정 주는 경우는 어떤 경우들이지? 어떤 경우가 진정 준다는 것이 될 수 있지?

연하: 주기만 하고 받기를 원하지 않는 사람들? 그래, 그런 사람들도 있을 거야, 분명.

나리: 그래, 그런 사람들도 있을 거야.

한나: 그런 사람들도 있나? 그런 사람들은 어떤 사람들이지?

연하: 보답을 바라지 않는 선사란 어떤 경우이지?

다시 이기성이 없는 경우에 대한 질문이 던져졌다.
보답을 바라지 않는 사람들도 있을 것이라고 했다.
잠재된 이기성 따위는 가지고 있지 않으며, 진정으로 선심을 가진 선사가 있을 것이라고 생각했다. 질문을 했던 민아가 그런 경우에 대해서 일단 이렇게 말해 보았다….

공인들의 선사

민아는 보답을 바라지 않는 선사에 대해 이렇게 말했다.

민아: 보답을 바라지도 않는 선사…. 서로 모르는 사람이 선사할 때, 그게 보답을 가정한 걸까?

한나: 서로 모르는 사람? 모르는 사람에게 선사한다고?

모르는 사람에게 선사하는 경우가 있다고 했다. 단순히 모르는 사람에 대해서 언급했다.

민아: 응, 모르는 사람. 그러니까 선심을 가진 경우지. 선심이란 착한 마음이야. 이미 말했었지. 으음…, 선심을 가진 사람들은 불쌍한 사람들을 지나치지 않아. 그들을 도와주려고 애쓰는 사람들이지.

연하: 도움이 되고자 하는 사람들인가?

나리: 불쌍한 사람들을 지나치지 않는 건가?

선심을 가진 사람이 누군가를 돕기 위해 나서는 경우가 있다고 했다. 연하와 나리는 그런 경우가 구체적으로 어떤 경우인가 궁금했다. 민아가 이런 예를 들었다.

민아: 으음, 예를 들어 어느 추운 겨울날, 노인들이 따뜻하라고 양로원에 난로를 갖다 놓은 사람이 있었지. 잘 모르지만 그는 노인들이 추위에 떠는 것을 안쓰럽게 여긴 것이지.

연하: 아, 노인들을 보고 안쓰럽게 여긴 것이군.

한나: 모르는 노인들에게 선사한 경우이군. 으음….

민아: 응. 또 가난한 학생들에게 교육비를 지원하는 사람들도 있어. 그들이 잘 자라나길 바라는 것이지.

나리: 아, 학생들에게 교육비를 지원해? 매우 고맙군.

연하: 학생들은 경제력이 없으니까 후원이 필요할 거야. 그래서 도움을 받으면 기쁠 거야.

민아: 웅, 그렇지. 또 재해 시 구호 물품을 전달하는 경우도 있어. 뉴스에도 나오지. 이재민들은 그로 인해 힘든 시기를 지날 수 있게 되는 거야.

연하: 아, 그런 경우. 난민들이 기뻐하겠군.

민아: 웅. 그런 경우가 선심을 가진 경우들이지. 보답을 가정한 선사는 아닐 거야.

연하: 그래. 보답을 가정한 선사는 아니겠지…. 고마움이나 느끼라고 하는 선사도 아닐 거야.

민아: 그래, 아닐 거야.

나리: 보답을 바라지 않지만 베푸는 경우도 있는 것이군.

민아: 그래, 있어.

서로 모르지만 돕는 경우에 대한 예를 들었다. 어려운 처지에 놓여 있다는 것을 알고 베푸는 경우라고 했다. 민아는 재해와 가난의 예를 들며 모르지만 베푸는 경우를 그렇게 설명했다.

그런 경우가 있다는 것을 들으니, 연하는 진정 선사하는 부류들이 있긴 있구나 하고 생각하게 되었다. 이기성이 계속 부각되지는 않는 것 같았다. 그래서 다행이라고 생각했다. 그에 대해 계속 얘기해 나아갔다. 민아가 계속 말했다.

　　민아: 뉴스에서 그런 이야기들을 언제나 접할 수 있어. 누가 얼마를 기부했다든가, 또 어느 기업이 어디를 후원했다든가 하는 얘기 등등. 그런 베풂에 관한 소식들을 우리들은 자주 접할 수 있어.

　　나리: 그래. 베푼 사람들의 소식이 나오지. 우리는 언론 매체를 통해서 누가 자선 행위를 했는지를 금방 알 수 있지.

　　연하: 그래, 그런 소식들을 자주 볼 수 있어. 우리 사회를 밝게 하는 훈훈한 소식들이야.

　　뉴스를 통해서 자선 활동을 하는 사람들을 자주 접할 수 있다고 했다. 그들이 사회를 훈훈하게 한다고 했다.

　　한나: 음, 그런 사람들이 진정 베푸는 사람들이군.

　　연하: 응, 맞아.

　　한나: 그렇군.

　　민아: 그들은 사회 속의 일원으로서 남을 돕는 것을 당연하다고 생각하는 사람들일 거야. 주로 유명 인사들이나 기업들이지.

나리: 음…, 그렇군. 유명 인사들이나 기업들…. 그들이 나서는구나. 그들에게는 좋은 사람, 좋은 기업이라는 평판이 생겨나겠군.

민아: 응, 그렇겠지.

연하: 응, 그럴 거야. 사람들은 베푸는 사람들을 좋아하니까.

이들은 유명 인사들이나 기업들이라고 했다. 그들에 대해선 좋은 평가가 쏟아진다고 하였다. 사람들은 선량하며 베풀려고 하는 사람들을 좋아하기 때문인 것 같았다. 나리도 민아의 설명에 수긍이 갔다.

유명 인사라고 하니 한나는 평소 좋아하는 연예인이 생각났다. 그는 기부금을 통해 많은 사람들을 도운 사례가 있다. 그런 일이 있을 때면 언제나 기사에 오르내린다. 그는 주변 사람들도 잘 챙기고 베푸는 것에 거리낌이 없었다. 그래서 인기도 많은 것 같았다.
사람들은 역시나 베푸는 사람들을 좋아하는 것 같았다.
나리가 이어서 이렇게 말했다.

나리: 그런데 익명으로 기부하는 이들은 뭐지? 뉴스에 보면 익명으로 나오는 것도 있어.

익명으로 나오는 것이 뭐냐고 나리가 물었다. 민아는 언뜻 대답하기 망설여졌다. 이제 이야기가 잘 풀려 나가나 싶었는데, 또 뭔가 제동이 걸리는 느낌이 들었기 때문이었다. 하지만 자신감을 잃지 않으며 이렇게 대답했다.

민아: 익명? 익명이란 이름을 나타내지 않은 것이지. 누가 기부했는지 알 수 없는 게 익명이지.

나리: 응, 그렇지. 그러니까, 왜 이름을 드러내려고 하지 않지? 소액이라 창피해서인가? 아니면 자기 신변에 문제가 있기 때문인 걸까?

나리가 재차 물었다. 이름을 드러내지 않는 이유는? 민아가 대답했다.

민아: 왜 이름을 드러내려고 하지 않냐고? 으음, 그건 아마 이름을 드러내기에는 중요한 일도 아니라고 생각해서일 거야. 별일 아니라고 생각해서 이름도 남기지 않는 것이겠지.

나리: 아, 별일 아니라고….

민아: 아니면 자기가 특별한 존재로 부각될까 봐 숨기는 것인지도 모르지. 괜히 나서면 모가 나 보이거든. 겸손한 태도를 가진 것이라고 볼 수 있지.

나리: 아, 그렇군. 그런 이유에서이군.

민아: 기부만 하고 사라지는 거야.

나리: 아, 기부만 하고 사라지는 것이군…. 으음.

이름을 드러내지 않는 이유는 자신이 부각될까 봐 감추는 것이라고 했다. 겸손한 태도를 지니며 기부만 하고 사라진다고 하였다.
언뜻 한나에게 익명이란 손해인 것처럼 느껴졌다. 뭔가 뜻깊은 일을 한 것 같은데, 이름은 감추어져 있다. 단지 후원만 하고 사라진다는 것…. 그것은 자기 손해를 암시한다고 그녀는 생각했다. 이어서 나리가 이렇게 말했다.

나리: 아, 그렇다면 이름을 드러내려고 한다는 것은 무엇을 의미하지? 이름을 드러내어 이름이 알려지기를 바란다는 것 아냐?

이름을 드러내는 사람들은 자신의 선행이 알려지기를 바라는 것 아니냐고 물었다.

민아: 이름이 알려지길 바란다고? 그래, 그럴 거야. 후원을 했으니까 이름이 알려지는 것쯤은 바랄 거야.

연하: 이름 정도는 알아주길 바라겠지. 손실을 감수하며 베푼 것이니까. 맞아.

한나: 그렇겠지. 이름 정도는 알아주길 바라겠지.

이름 정도는 알아주길 바랄 것이라고 하였다. 이름을 남긴다고 해가 될 것은 없어 보였다. 나리가 이어서 말했다.

나리: 그럼 이름이 알려지길 바라는 부류들이 있는 반면, 익명으로만 남고 싶은 부류들이 있는 것이군. 그렇게 두 부류군.

한나: 그래, 그렇군.

연하: 그렇군.

민아: 그런 것 같아. 두 부류들이 있는 것이군. 익명의 후원이란 상당히 겸손한 태도인 섯 같아.

이름을 알리는 사람들은 매체들에 나타나는 데 비해, 익명의 부류들은 이름도 알 수 없는 상태로 있는 것이어서 서로 비교가 되어 보였다.
익명의 후원은 상당히 겸손한 것 같다고 했다. 이어서 나리가 이렇게 말했다.

나리: 그런데 대개의 기부자들이 기업들이나 유명 인사들이라고 했어. 그게 무엇을 의미하지? 기업이라면, 사회에 공헌하는 기업이라는 인식을 퍼뜨리고 싶은 것인지도 모르고, 개인이라면 선한 인상을 사람들에게 퍼뜨리고 싶어 하는 것일지도 모른다는 얘기지. 안 그래?

민아: 선한 사람? 선한 기업? 그렇게 알리고 싶은 거라고?

한나: 선한 인상을 알리고 싶어서인가?

대개의 후원자들이 자신의 이름을 드러내고, 자신의 인상을 좋게 하려는 것일지도 모른다고 했다. 선한 사람, 선한 기업으로 알려지기를 바라는 것이라고 강조했다.

나리: 응, 그렇지. 그럴지도 모른다는 얘기지. 이름을 남기고 그런 걸 바라는 것일지도 모르지.

연하: 아…, 이름을 남기면서 좋은 인상을 심어 주려고 하는 것인가?

한나: 선한 인물로 알려지길 바란다는 것인가?

나리: 응. 그러니까 자기 인상을 좋아 보이게 하려고 하는 것이지. 이름을 남기면서 호감을 얻고 선한 인상을 남긴다는 것 같아.

민아: 아, 그럼 자기가 챙기는 것도 있단 말이네?

연하: 자기가 챙기는 것?

나리: 응, 품위를 챙기는 것 같아.

연하: 품위? 품위를 챙기다니. 기부하고서 품위를 챙긴다는 것인가?

한나: 진정 선사하는 부류들이라고 하지 않았나? 어떻게 된 것이지?

보답으로서 직접 받는 것은 없지만 자기가 챙기는 것이 또 다른 모습으로 있는 것 같았다. 선한 기업, 선한 사람이라는 인식을 퍼뜨리고 싶어서 선사하는 것이라고 하였다. 그렇게 생각되자, 이 경우에 대해서도 회의적으로 돌아서지 않을 수 없었다.
연하는 고개를 갸우뚱거리다가 이내 끄덕였다.

연하: 정말 그렇겠는걸? 그들의 선사는 이름을 알리는 것, 자신의 선행을 알려서 인상을 좋게 하는 것…. 그런 목적을 띠고 있는 것 같아. 선량하다는 평판을 가지는 것은 여러모로 이익이 되니까 말이야. 선한 사람에게 좋은 시선이 쏟아지고, 선한 기업에게 좋은 이미지가 생겨나니까 말이야.

나리: 응. 지위 상승에 보탬이 되기도 하고 매출이 올라가기도 할 거야.

연하: 그래, 그럴 거야.

한나: 그런 사람들은 잘못을 해도 쉽게 감추어지겠지?

민아: 응, 그럴 거야. 그런 사람은 쉽게 좋은 자리를 차지하고 부유해지고 빨리 성장하겠지.

나리: 응, 그렇겠지.

선량하다는 평판은 여러모로 도움이 될 거라고 하였다. 선한 사람, 선한 기업에게 좋은 시선과 많은 자본이 몰릴 거라고 하였다. 그들은 빨리 성장할 수 있을 것이고 잘못을 쉽게 감출 수 있을 것이라고도 하였다. 그녀들은 이 선사에 대해서도 회의적으로 돌아서며 유감 섞인 말들을 쏟아 내었다.

민아: 그럼 선사가 결국 광고란 말이잖아?

한나: 광고였어. 광고를 하고 있었어.

민아: 아, 광고를 연신 하면서 자신의 품위를 높이고 있는 것이었군.

나리: 우리에게 자신은 어떤 사람이란 걸 알리고 있었어.

연하: 아, 놀라워!

한나: 별로 놀라울 건 없을 것 같아. 유명인들은 평판이 좋아야 하니까 그런 광고를 자주 해야 할 것 같아.

그들의 선사는 자기 광고라고 하였다. 광고로서 자기 품위를 높이고 있었다. 광고는 제품을 판매하기 위해서만 있는 게 아니었다. 품위를 높이기 위한 광고도 있었다. 연하는 광고의 새로운 유형이 등장한 것에 당황하였다. 이어서 민아가 이렇게 말하였다.

민아: 하지만 그렇다고 해서 나쁠 건 없을 것 같아. 베푸는 사람들이 있으면 있는 대로 좋은 것 아닌가? 어쨌든 도움을 받으면 되니까 말이야. 도움을 받아서 좋은 것이지. 감사의 인사 정도는 전해 주면 되지.

어쨌든 도움을 받으면 된다고 하였다. 도움을 받으니까 좋은 것이라 하였다.

나리: 도움만 받으면 된다고? 나쁠 것은 없다고?

민아: 응, 그렇지 않아? 도움은 받고 칭찬은 해 주면 되는 거야. 손해 볼것은 없지. 받아서 이득이지.

나리: 그래…. 그것도 맞는 말이야. 도움만 받으면 돼. 받고 '당신은 선량합니다'라고 해 주면 되지. 손해 볼 것은 없지.

민아: 응, 손해 볼 것은 없지. 받아서 좋은 거야.

받는 사람의 입장에선 나쁠 것이 없다고 하였다. 그런 사람의 도움도 있으면 좋다고 하였다. 감사의 인사 정도는 전해 주면 된다고 하였다. 그래서 그들에 대해 비난한 것도 금방 무마되려는 듯했다. 하지만 나리는 곧 이렇게 말했다.

나리: 하지만 이름을 알려서 좋은 평판을 얻으려 한다는 것이야. 평판과 교환한다는 뜻 아냐?

민아: 그래, 평판과 교환한다는 뜻이야.

연하: 광고를 연신 하는 것이라고 했지.

나리: 그럼 매우 많이 베푸는 부류들이 유명 인사들이나 기업들인데, 그로 인해 좋은 평판이 생겨난다면 어떻게 되겠어? 자신들의 품위는 더 올라가게 되겠지? 사람들은 더 주목하게 될 거야. 그렇게 되면 위선자들이 한 자리 차지하기 쉽게 될 거야.

한나: 위선자들이 한 자리 차지하기 쉽게 된다고? 그런가?

민아: 그런가?

나리: 이미 말했잖아? 지위 상승에 보탬이 될 거고 빨리 성장할 거라고…. 그렇게 되겠지.

위선자들이 한 자리 차지하기 쉽게 된다고 하였다.

나리가 그렇게 말하자, 연하가 고개를 갸웃거리며 말했다.

연하: 위선자들…. 그들이 튀어나오게 된다는 것인가? 으음, 그렇겠군. 위선자들이 튀어나오게 되겠군….

민아: 그들의 입지는 더 강화되겠지. 맞아.

나리: 그래, 그들의 인기는 더 올라가는 거야. 그러므로 그들의 계략은 통하는 것이라 볼 수 있지. 그들을 선한 사람으로 생각한다면, 그들의 계략은 통하는 것이 되지.

연하: 그렇다면 정말 나쁜 경우가 되겠군. 위선자들이 전면에 튀어나와 설쳐 대는 꼴이 펼쳐진다는 거잖아?

나리: 그렇겠지.

연하: 범죄를 저지르던 인간도 인기를 끌기 위해 선사를 하게 될지도 모른다는 얘기군. 정말 나쁜 경우가 되겠군.

민아: 그들을 칭찬한다면 그들의 성장을 돕는 것이 되는군. 결국 악영향을 끼치는군. 받아서 좋다고 했는데, 품위와 명성을 드높인다니…. 말이 안 되는 경우야.

한나: 받는 사람들만 기분 좋을 뿐이구나.

좋은 평판이 주어진다는 것은 위선자들을 자라나게 하는 꼴이 될 수도 있었다. 위선자들이 높은 자리에 군림할 수 있도록 도와주는 꼴이었다. 그래서 도움을 받는 이들만 좋을 뿐이었다.

사회 전체적으로는 손실에 가까웠다. 단지 받고 칭찬해 주면 된다는 의견은 무마되는 듯했다.

민아: 위선자들이 인기를 끌고 전면에 나올수록 폐해만 가져오게 되겠군. 받는 사람들 일부만 기분 좋을 뿐이구나….

연하: 아…, 진정 베푸는 줄 알았던 사람들도 명성과 지위 상승을 위한 계략을 실행하는 것일 수도 있다니, 이제 어떻게 되는 것이지? 우리 사회는 원래 그런 건가? 원래 부조리와 위선을 담고 있는 걸까?

민아: 우리 사회는 원래 그런 것일지도 몰라. 계략이 잘 통하는 사회. 요행 주의자들이 살아가기 쉬운 사회. 기회를 놓치면 안 되는 사회. 그런 사회인지도 몰라.

연하: 우리 사회가 그런 모습을 하고 있다니…. 슬픈 일이야.

나리: 우리들이 경계하지 않는 한, 그런 세력들에 당할 뿐이야.

평판과 교환한다는 것에 대해 그녀들은 실망하며 투덜거렸다. 요행 주의자들이 쉽게 올라설 수 있는 사회, 계략이 잘 통하는 사회라고 비판하였다.

이 계략적인 선사를 논의하며 개인들이 잠시 이익을 취하는 사이, 사회 전체가 부조리에 물들 수 있는 가능성을 알게 되었다. 그들의 계략은 사회 약자들을 향하고 있으며, 약자들이 빈틈을 많이 보일수록 더욱 신이 난 모습을 하고 있는 것 같았다. 사회 속의 다수가 경계하지 않으면 그들에게 지배당할 것 같다고 우려도 표시하였다.

하지만 한나는, 내심 그런 선사는 당연한 것이라고도 생각했다. 그런 주고받음조차 없다면, 사회의 분위기는 더 심각하게 어두워질지도 모른다고 생각했다. 여유가 있는 이상, 누군가에게 주고 싶기 마련이며 그런 생각조차 없는 개인들로 이루어진 사회이기에 사회는 더욱 어두워진다고 그녀는 생각했다. 그러나 이 의견을 꺼내지는 않았다. 그것을 뒤로 하고 신성 배푼다는 게 어떤 것인지 그녀들은 계속 살펴보기로 했다.

익명의 선사

그녀들이 보고 있는 화면에는 하이에나들이 나타났다. 먹이를 발견한 하이에나들이 먹이 가까이로 우르르 몰려들었다. 임팔라의 사체가 덩그러니 누워 있었다. 그런데 한 마리의 우두머리가 나머지 하이에나들을 몰아내는 데 열중했다. 먹이에 접근이라도 하면 위협하며 쫓아 보냈다. 혼자서 먹이를 다 차지하려는 욕심많은 하이에나였다. 하지만 수컷 사자가 나타나면서 그 먹이는 이내 뺏기고 말았다. 욕심을 너무 부린 탓에 다른 하이에나들의 도움도 얻지 못하고 그 먹이를 놓치고 말았다.

그녀들은 계속해서 대화를 이어 갔다. 이름을 남기려는 사람들이 아닌 익명으로 남으려는 사람들에 대해 말해졌다.

나리: 진정 베푼다는 것은 역시 이름을 남기지 않아야 해. 아까 익명으로 베푸는 사람들도 있다고 했어. 이름도 안 남기고 베푼다고

했었지.

　민아: 이름도 안 남긴다고? 익명이라고? 그게 정말 베푸는 것 같군.

　한나: 맞아. 그건 정말 베푸는 것 같아.

　연하: 그렇겠군. 이름을 남기지 않았으니, 누가 베풀었는지도 알 수 없고, 자기를 내세울 수도 없으니 말이야. 거두어 들일 것도 없지.

　나리: 그래. 거두어 들일 것도 없지. 자기의 인상을 좋게 할 수도 없어. 이름을 남기지 않았으니까 말이야.

　민아: 그래, 그렇겠지.

　연하: 그럼 그들의 선사는 진정한 선사인가? 그런 사람들에게 받는 선물은 진정한 선물이라고 할 수 있는 건가?

　민아: 그래, 그럴 거야. 진정한 선물일 거야.

　익명의 후원자들은 진정한 선사를 하고 있을 거라고 했다.
　이름을 남기지 않아, 누가 베풀었는지도 모르고 도움을 받은 이와 연관 지어질 수도 없다. 따라서 보답을 할 수도 없고, 좋은 평판을 건네줄 수도 없다. 그래서 진정한 선사일 거라는 판단이 금방 섰다.

넷 다 동의했다. 나리가 이어서 이렇게 말했다.

나리: 후원하며 익명으로만 남는 사람들. 그들이 진정한 선사를 하고 있는 거야.

민아: 그래, 그렇군. 단순히 이름을 남기지 않고, 선사를 하는 것이 진정한 선사인 것이군. 그럼 이제 결론 난 건가?

나리: 아마 그럴 거야.

민아: 으음…. 결론 난 것이군.

이름을 남기지 않는 사람들이 진정한 선사를 하고 있다고 결론 난 듯이 말했다. 진정한 선사란, 단순히 익명으로 베푸는 것이었다. 익명으로 줄 때 되돌아오는 것도 없고 요구하는 것도 없는 상태가 되는 것이었다. 익명이 되는 까닭은 아무것도 바라지 않기 때문인 것 같았다.

결론이라고 하니, 나리는 뭔가 아쉬워 보였다. 그래서 계속 그에 대해 이야기해 나갔다.

나리: 그런 사람들은 평판을 얻으려는 사람들과는 비교가 될 거야. 이름을 남기기 쉬운 좋은 곳에 끼어드는 사람들이 아닐 거야.

연하: 그래, 아닐 거야. 큰 사건에 관여하지도 않을거야. 한 명이

든, 두 명이든 가리지 않을 거야.

민아: 그래, 그럴 거야. 진정 마음이 가니까.

한나: 그럼 그런 예가 있나? 이름을 안 남기고 선사한다는 경우는 어떤 경우지? 우리 주위에도 있나?

한나가 그런 경우는 어떠한 경우냐고 물었다. 한나는 익명으로 선사한다는 경우를 본 적이 없다. 그래서 무척 궁금했다.
나리는 그에 대한 예를 들었다.

나리: 그런 경우는 충분히 있지. 익명의 선사란 신문에도 자주 나.

한나: 신문에 나오나? 난 한 번도 본 적이 없어.

연하: 신문을 안 읽는구나.

한나: 응, 잘 안 읽어. 연예 기사만 읽어.

나리: 아, 익명의 선사…. 으음, 그저께만 해도 신문에 이런 기사가 났었지. '익명의 후원자가 나타나서 선물 보따리를 한아름 내놓고 사라졌다. 그 속에 식량과 의류, 생활 필수품들이 들어 있었다.' 이렇게 났었지.

민아: 아, 굉장한 선사군. 한 보따리…, 보따리라니. 품위는 그다지 없군.

한나: 보따리라니. 웃긴 것 같아….

나리: 으음…, 웃을 일이 아니지. 그 선사는 소년 가장에 대해 이루어졌었어. 소년 가장 앞에 어떤 후원자 한 사람이 나타났었다고 해. 그리고 이렇게 말했대. '나는 소년 가장들의 후원자야. 내 도움을 받고 재기할 수 있을 거야.' 그리고 홀연히 사라졌다고 해.

민아 : 음, 소년 가장을 도운 이야기군. 소년 가장이라고 하면 불쌍하지. 혼자 동생들을 먹여 살려야 하니까.

나리: 소년 가장은 기뻐했지. 하지만 이름도 남기지 않아 누군지 알 수 없었지. 수소문해도 알 수 없는 상태라고 했었어.

연하: 아…, 그렇군. 그런 사례가 있군. 도움을 주고 홀연히 사라진 것이군.

나리: 그래, 홀연히 사라진 거야.

나리는 소년 가장의 예를 들며 익명의 후원에 대해서 말했다.
익명의 후원자는 도움을 주고 홀연히 사라진다고 했다.
자신에 대해서 내세우는 바가 없다. 내세우는 바가 없어서 보답은 물론이고 칭찬조차 해 줄 수 없다. 그러므로 이기성이 없는 선사의 모습이라고 그녀들은 금방 간주하였다.

연하: 그런 사람들은 자신을 내세우지 않으니 모습을 떠올릴 수 없고, 단지 세상의 누군가가 되어 있는 것이군….

나리: 으음, 세상의 누군가…. 그래, 그럴 거야. 세상의 누군가가 그를 도와준 거야.

민아: 응. 도와준 것이군, 누군가가.

연하: 세상의 누군가는 자기와 연관도 없는 이들에게 베푸는군.

나리: 응, 그렇지.

세상의 누군가는 연관이 없는 사람에게 베푼다고 하였다. 그동안 아는 사람들끼리 주고받은 그녀들로선 생소하게 느껴졌다.

민아: 잘 모르지만 베푸는 경우가 그렇게 있는 것이군.

나리: 응, 있어.

한나: 그들이 있어 흐뭇한 일이군.

나리: 응, 그렇지.

연하: 그렇게 후원을 받은 이는 자기도 누군가에게 후원자가 되고 싶을 거야.

민아: 으음, 그렇겠지. 자기도 도움이 되는 사람이 되고 싶을 테니까.

한나: 자기도 나중엔 세상의 누군가가 되겠군.

나리: 그래, 그럴 거야. 그리고 익명으로서 세상 속으로 사라지겠지. 아, 하지만 이기적이라면 '행운을 맞이했구나'라고 좋아할 뿐이겠지. 보답을 안 해도 되니까.

연하: 보답을 안 해도 되니까 횡재한 것이군.

한나: 보답을 안 해도 되니까 좋은 것이군. 으음….

도움을 받은 이는, 자기도 그런 선사를 누군가에게 하고 싶을 거라고 했다. 그리고 낯 모르는 한 사람의 선사자로서 남아 있는다고 하였다. 하지만 이기적이라면 그런 일도 없을 거라고 하였다. 단지 후원하고만 싶어 하는 그들은 인간의 미를 나타낸다고 연하는 생각하였다.
보답을 바라지도 않고, 평판을 바라지도 않는 선사.

그게 진정한 선사라고 말해지고 있었다….

연하는 익명의 선사라고 하니, 겉으로 건네지는 것은 없는 사소한 배려들도 포함될 수 있다고 생각했다. 문득 일어날 수 있는 사소한 경우들로, 일상에서도 그런 배려를 하는 사람들을 볼 수 있다. 예를 들면 전철에서 노인들에게 자리를 양보하는 사람, 길을 묻는 이에게 친절히 안내해 주는 사람, 어떤 제품이 불량품이라고 알려 주는 사람, 무심코 떨어뜨린 소지품을 발견하게 해 주는 사람….

그런 사람들도 익명의 선사에 어울리는 선사를 하고 있는 것이라고 문득 생각하게 되었다.

이름을 남기지도, 보답을 바라지도 않는 경우들이기 때문이다.

그녀들이 보고 있는 화면에는 아까 하이에나에 의해 뒤집힌 거북이가 보여졌다. 거북이는 며칠째 발버둥을 치고 있었다. 또한 강한 햇볕 아래에서 말라 가고 있었다. 그런데 문득 동료 거북이가 지나가다 그 장면을 보게 되었다. 동료 거북이는 슬며시 다가와 그 거북이를 일으켜 세워 주었다. 거북이는 다시 걸을 수 있게 되었다. 그리고 서로 동행하며 풀숲으로 사라졌다. 연하는 그 장면을 보고 '낯 모르는 거북이가 위기의 거북이를 구해 주었다'라고 하며 뿌듯한 미소를 지었다.

민아도 덩달아 흐뭇한 광경이라고 하였다….

또 다른 이유

그녀들이 이렇게 진정한 선사의 경우를 찾은 것이라고 생각했다.

진정한 선사의 모습은 그런 것이라고 생각했다. 익명으로서 베풀고 사라지는 것. 세상 속에서 나타나 세상 속으로 사라지는 것. 누군가에게 도움을 받은 만큼 자신도 누군가에게 도움을 주는 것. 그런 보답도 바라지 않는 선사가 진정한 선사라고 말해지고 있었다. 익명의 선사에 대해 생각하며 그녀들은 자기 주변 인물들 중에도 그런 인물이 있는지 찾아보았다.

하지만 민아에겐 또 다시 의문이 생겨났다….

지금까지의 의견에 꽤 동의했었고, 자신의 의견도 추가해 왔었지만, 또 다시 의문이 생겨난 것이다. 단지 주기만 하고 사라진다는 것. 생각할수록 이해할 수 없는 것 같았다.

사람의 속마음은 알 수가 없다. 겉으로 드러난 사건으로만 판단하기에는 무리가 있다. 이익이 없다고는 했지만, 예상외의 이익이 또 있을지도 모른다. 인간의 속마음은 간사해서, 질문을 던져도 잘 피해 갈 뿐이다. 그래서 그런 가능성을 발굴해야겠다고 그녀는 생각하게 되었다. 그동안 자신의 의견이 완성되지 못하고 무시당한 것에 대한 반감도 있었다.

그녀들이 다른 이야기를 주고받는 것을 지켜보았다.

그녀는 말을 함부로 꺼내지 않는 신중한 성격이었기에 그녀들의 동태를 잠시 지켜보기만 했다.

그녀들은 익명으로 선사했던 경우를 자랑스레 늘어놓고 있었다.

아마도 지금처럼 얘기하기 위해서, 지난날 익명으로 선사한 경우를 만들어 놓은 것 같았다. 사소한 선물 따위를 신사한 것을 굉장히 부풀리고 있었다. 아마도 버릴 물건들이었던 것 같았다.

민아는 속으로 자신의 의견을 정리해 보았다. 일단 질문부터 던져야겠다고 생각했다. 민아는 이런 질문을 던졌다….

민아: 아, 익명의 선사. 익명의 선사가 진정한 선사라고 결론 내렸지. 그래, 익명의 선사…. 그 모습은 아름다워. 자기를 나타내지도 않으니까 말이야. 하지만 한편으론 의문도 생겨나지.

연하: 뭐? 의문이 생겨난다고?

나리: 의문이 또 생겨났다고?

한나: 또 의문이…. 무슨 의문이지?

의문이 생겨난다는 말에 다그쳐 물었다. 다시 질문이 제기되는 것에 놀라는 반응을 보였다. 민아가 어깨를 으쓱거리며 말했다.

민아: 응. 그러니까, 그런 선사는 왜 하게 되지? 왜 의미도 없는 선사를 하게 되지?

연하: 뭐? 왜 하냐고?

나리: 왜 하냐고?

연하: 왜 하냐니?

그런 선사는 왜 하게 되느냐고 물었다. 또렷한 말투로 그렇게 말했다.
하지만 별 내용도 없는 질문이었다. 연하와 나리는 또다시 제기되는 질문에 당황하였고, 한나는 무슨 말이 등장할까 궁금했다.
연하가 이어서 답했다.

연하: 왜 하게 되느냐고? 왜 하게 되냐니. 이기성이 없는 선사야.
이기성이 없는 선사인데, 왜 하게 되느냐고 말할 수 있을까? 단지 베풀고 싶은 거야. 베풀기만 하고픈 것이지.

이유는 없다고 하였다. 단지 베풀고만 싶은 것이라고 하였다.
이미 결론 난 대로 말했다.

민아: 으음, 하지만 베풀기만 하다니. 베풀고 싶은 동기가 있을 것 아냐? 아무 이유가 없을 수 있나? 아무 이유가 없다는 건 이상해. 의아스러워.

이번엔 다소 퉁명스러운 말투로 말했다. 의아스럽다고 했다.
나리가 그에 대해 대답하였다.

나리: 그럼 그 선사에 어떤 상당한 이유라도 있는 걸까? 익명이지만 물선을 훔쳐서 달아나는 경우와는 다르잖아. 사기의 이름도 안 남긴다고 했잖아? 세상의 누군가로서 누군가에 대해 선사한다고 했잖아? 안 그래?

나리는 이 익명의 선사가 부정되는 것에 당황해하며 약간 쏘아붙이듯이 말했다. 연하는 무슨 말이 등장할까 고개를 갸웃거렸다.
민아는 당황하지 않았다. 곧 이렇게 말했다.

민아: 물론 그렇겠지. 그럴 거야. 아름다운 선사가 맞을 거야. 자기를 드러내지 않으니까 말이야. 피해를 주고픈 것은 결코 아닐 거야. 으음…, 하지만 자기의 관점에 따라 그런 행동이 나타나는 거야. 행동이 아무렇게나 나타나는 건 아니라고.

연하: 뭐? 관점? 어떤 관점을 가지고 있는 것이지? 평범하지 않은 관점인가?

나리: 관점이라니…. 어떤 관점이지?

민아는 선사를 하는 데 이유가 있다고 계속 주장했다. 실천하고 픈 어떤 생각이 있고, 그 이후에 선사라는 행동이 나타나는 것이라고 주장했다. 연하와 나리는 이유가 무엇일까 궁금했다. 다그쳐 물었다. 민아는 이렇게 말했다.

민아: 아마 선량한 사람이 되고 싶어서 그렇게 하는 것 아닐까? 선량한 사람….

연하: 뭐? 선량한 사람?

민아: 응, 선량한 사람.

나리: 선량한 사람이 되고 싶다니…. 그게 무슨 뜻이야?

선량한 사람이 되고 싶어서 베푸는 것이라고 했다.
선량한 사람이란 착한 사람, 마음씨 좋은 사람이란 뜻이다.

민아: 응, 선량한 사람…. 그러니까, 착한 사람이 되고픈 거야. 무슨 뜻이냐 하면, 으음, 대개 우리들은 어린 시절부터 교육을 그렇게

받아 왔잖아? 남에게 베풀라고 말이야. 베풀어야 착한 사람이 된다고 말이야. 그래서 그런 것을 실천하는 것이라고 볼 수 있지. 남에게 베풀면서 그런 가르침과 훈계를 실천하는 거야. 성인이 되어서 실천하는 것이지.

연하: 아, 교육? 베풀라는 교육을 잘 받았다는 것인가?

나리: 교육이라니. 배운 대로 실천하는 건가?

한나: 음…, 그런 말이 있지. 베풀어야 착한 사람이 된다고. 나도 많이 들어 봤어. 거기에 영향을 받았다는 뜻이군?

민아: 응, 그렇지. 그런 교육들에 영향을 받은 것이지. 직접적인 교육 말고도 대체로 훈계나 조언을 통하여 선량함이 강조되고 있지. 또 사회적인 풍토도 그러하지. 그런 것에 영향을 받은 것이라고 볼 수 있지.

민아는 교육을 잘 받아서 그런 베풂을 하게 된다고 하였다.
선함이 미덕이라는 것이 훈계를 통해 전달되면서 그런 사람들이 자라나는 것이라는 뜻이었다. 또 사회적으로 선이 강조되고 미화되고 있기 때문에 거기에도 영향을 받은 것이라고 하였다.
이어서 말했다.

민아: 그리고 또 들자면, 종교인이라면 종교의 가르침을 실천하는

것이라고 볼 수도 있지.

연하: 뭐? 종교? 종교인으로서 뭔가를 실천하는 것인가?

나리: 종교라면, 교리를 잘 따르려는 것인가?

민아: 응, 대개의 종교들이 베푸는 것을 미덕으로 삼고 있잖아? 그래서 베풂을 실천함으로써 자신의 종교에 충실해질 수 있는 것이지.

나리: 아, 종교…. 그런 이유도 있다는 것이군.

연하: 종교상의 이유…. 그렇군. 그것도 일리가 있군. 정말 아무이유 없이 베푸는 것이 아니라 그런 이유에서 베푸는 것일지도 몰라.

나리: 그래, 그럴지도 모르겠군. 주위 환경에 따라 사람이 변하니까 말이야. 자기도 좋은 길을 가고 싶은 거야.

민아: 응, 자기도 환영받을 일을 하고 싶은 거야.

한나: 그런 이유에서 베푸는 것이구나.

종교를 가진 사람이라면 종교의 가르침을 실천하는 것일 수도 있다고 했다. 종교인으로서 자기 종교에 충실해지는 것이다.
그렇게 두 가지 이유를 들며, 베푼다는 것은 어떤 사상을 따라가는 것이라고 민아는 주장했다. 그런 사상들은 선함을 내세우고 있기 때문에 그에 맞게 선을 실천하는 것이라는 뜻이었다.

나리도 연하도 그렇다고 생각했다. 이제 수긍이 갔다.

그들은 선을 실천하며 선한 사람이 되어 가는 데 의미를 두고 있는 것이라고 생각했다. 그래서 익명의 선사를 하게 되는 것 같았다.

남에게 베푸는 이유에 관한 그 설명은, 그럴싸해 보였다.

그동안 익명의 선사가 아무 이유 없이 행해진다는 의견은 수정되어졌다. 익명의 선사가 부정되는 듯했지만, 선을 실천한다는 의미를 가진 것으로 수정되어졌다. 그래서 나쁜 뜻은 없어 보였다.

이어서 동조하며 고개를 끄덕이던 나리가 몇 마디 설명을 덧붙였다.

나리: 선을 실천하면서 선한 사람이 되어 가고 싶은 것이구나. 일리가 있어, 충분히. 선한 사람이 되기 위해, 선을 실천한다면 이름을 남기지 않아도 되겠지. 평판이 없어도 될 거야. 보답이 없어도 물론될 거야. 선을 실천하면서, 그 나름대로의 보람을 느끼기만 하면 되니까 말이야.

그들은 선을 실천하면서 보람을 느끼는 사람이라고 하였다. 그래서 보답도 평판도 바라지 않는 것이라고 하였다.

한나: 으음, 그들은 선을 미덕으로 여기는구나.

민아: 응, 미덕으로 여기는 거야. 미덕으로 여기기 때문에 베푸는

거야. 베푸는 것이 미덕이 아니라고 생각한다면 그런 행동은 나타날 수 없겠지.

연하: 미덕…. 그렇군. 미덕으로 생각하는 것이군.

나리: 아름다운 모습이라 생각하는 것이군.

베푸는 것이 미덕이라고 생각하고 베푼다고 하였다.
미덕을 실천하며 선한 사람이 되어 가는 것이었다.

민아: 그에 비해 위선적인 선사들은 계략적이라고 할 수 있지. 자신에게 유리한가 여부에 따라 도움을 줄 때도 있고, 피해를 줄 때도 있어. 그게 위선자야. 이미 말했었지.

연하: 자기 계략을 실천하는 것이지. 그렇게 말했었어.

나리: 응, 그랬었지.

민아: 선한 사람이 되고 싶어 한다면 그와는 달라. 겉으로만 모양새를 잘 갖추면 되는 것이 아니지. 자기가 그렇게 되고자 한다는 것이니까. 자기가 바로 선한 인물이 되고 싶어 한다는 것이니까. 그래서 다른 거야.

연하: 그래서 진정한 선사가 될 수 있는 것이군.

또 다른 이유   177

민아: 응, 그렇지.

위선자들의 경우와 비교되어 보였다. 자기에게 유리하다 싶으면 선이 되었다가 불리하다 싶으면 악이 되는 위선자들의 경우란 어처구니 없을뿐이었다. 선에 대한 개념이 없이 행동만 내세우는 경우였다.

그에 반해 선한 사람이 되려고 하는 사람들은, 선을 아름다운 성질로 보고, 그런 품위를 가지려 하기 때문에 자기 이익에 연연하지 않는다. 자기가 그렇게 되고 싶어 한다는 것이었다. 서로 달랐다. 민아의 몇 마디 설명으로 연하도 공감이 갔다. 이제 이것이 진정한 선사라고 결론 나는 듯했다.

연하: 선한 사람이 되고 싶어서 선을 실천한다는 것. 그게 가장 진심 어린 선사인 것 같아 보여. 겉으로 꾸며내어 인정받기만 하면 되는 것이 아니니까. 다른 선사들은 정말 거짓임이 드러날 뿐이야.

나리: 그래. 그렇군. 꾸며내고 인정받으려 한다면 진심 어린 선사가 아닐 거야. 익명으로 남으며 선한 사람이 되고픈 것. 그게 가장 진심 어린 선사야.

한나: 그게 진정한 선사였군.

민아: 응, 그렇지.

익명이라는 바람직한 선사에 대해 그렇게 말해졌다. 그들은 진정한 선사를 하고 있다고 했다. 선을 실천하며 선한 사람이 되려고 하는 그들이 진정한 선사를 행하고 있었다. 누가 알아주지 않아도 되고 자기 이익에 무관하여도 되는, 보답도 바라지 않고 평판도 바라지 않는, 선을 마음에 심으며 선한 사람이 되기 위한 선사가 그렇게 와닿았다.

이렇게 그녀들은 선한 사람이 되기 위한 선사가 진정한 선사라고 생각했다. 연하와 나리, 민아도 그게 진심 어린 선사인 줄 알았다. 진정한 선사를 찾은 것이라고 생각했다. 그러나 여기에도 의문이 제기되었다. 어린 한나가 나이에 맞지 않게 이런 말을 했다.

(이것으로서 진정한 선사를 찾아낸다는 것은 매우 어려운 일임이 실감되어졌다.)

자신의 성장

　　한나는 종교가 없었다. 그리고 종교에 대해서도 잘 몰랐다. 종교가 나 같은 종교가 아닐 것이므로, 종교의 교리를 한마디로 요약할 수 없을것이라고 그녀는 생각했다. 종교상의 교리로 선함이 등장한다 해도, 자세히 살펴보지 않고서는 그 종교를 논의할 수 없다고 생각했다.

　어른들이 훈계하며 착한 사람이 돼라고 할 때, 그 이유도 '선하지 않은' 경우가 많다고 생각한다. 대개 '어른을 공경하는 사람이 되어라'라는 뜻이 담겨 있는 경우가 많다. 그래서 어린아이에 대해서 그런 훈계가 빈번한 것이라 생각한다. 하지만 이 생각을 꺼내지는 않았다. 그녀는 언니들이 선량한 사람에 대해 떠들고 있는 것을 잠시 지켜보았다. 자신들은 선량한 사람이라는 걸 은근히 내비치는 것 같았다. 한나도 은근히 나쁜 사람처럼 보이고 싶지 않은 욕심이 있었지만, 그녀들을 속으로 비웃었다.

　곧 한나는 이 선을 따라가는 선사에 이렇게 의문을 제기하였다.

한나: 아, 선사란 그런 것이군. 선을 실천하며 선한 사람이 되고픈 선사. 아무것도 챙기지 않는 아름다운 선사…. 아, 그렇군. 그래. 으음…, 하지만 의문도 생겨나지. 또 의문이 생겨나지 않을 수 없지.

나리: 뭐? 의문이 생겨난다고?

연하: 뭐? 의문이 또 생겨난다고?

민아: 무슨 의문이 생겨난 거지?

그녀들은 의문이 생겨난다는 한나의 말에 놀랐다. 다시 의문이 제기되고 있구나, 하고 당황하였지만, 그것도 한나라는 이유로 더 당황하였다. 한나가 종종 눈에 띄는 행동으로 부각된 경우가 있어 왔지만, 아무래도 논의라는 상황에서는 드문 일이었다. 오늘은 그 예외인지도 모른다. 그래서 바짝 긴장하지 않을 수 없었다.

한나는 그녀들의 놀라는 반응에 일단 자신의 의문 제기가 상당히 강도가 높게 전해졌다고 생각했다. 눈빛을 반짝거렸다.

이어서 이렇게 말했다.

한나: 응. 그러니까, 의문은 여전히 생겨나지. 의문이 생겨나지 않을 수 없지. 으음…, 선을 실천한다는 것…. 그게 무엇을 의미하지? '자기가 그렇게 되고자 한다'라는 것…. 그게 무엇을 의미하지? 내심 선한 인물이 되어 간다고 좋아하는 것 아닐까? 선하게 되어 간다고 기분 좋아 하는 것 아닐까?

민아: 뭐? 선한 사람이 되어 간다고 좋아할 거라고?

나리: 뭐? 좋아할 거라고? 기분 좋아 할 거라고?

연하: 기분 좋아 한단 말인가?

선한 인물이 되어 간다고 좋아할 거라고 하였다. 내심 좋아하며 선을 행하는 것이라고 하였다. 민아는 이렇게 대답했다.

민아: 좋아할 거야, 당연히. 좋아하지 않을 이유가 없지. 자기는 착한 사람이 되어 가고 있으니까 뿌듯하겠지. 나쁜 사람이 되어 가는 사람들과 비교가 되셨지. 그게 뭐가 문제야?

당연히 좋아할 거라고 하였다. 민아는 이 의견을 지키고 싶은 듯, 당연하다는 듯한 어투로 그렇게 말했다. 민아의 대답을 다 듣고 한나가 이렇게 말했다.

한나: 응. 그런데 말이야, 그러니까, 그렇게 한다면 그것도 자기를 위한 일 아닐까? 선한 사람이 되고 싶어서 선을 실천한다는 것. 자기가 믿고 있는 사상에 맞추어 간다는 것. 그래서 자기가 특별해진다는 것. 그러니까 자기를 위해서가 아닐까?

나리: 뭐? 자기를 위해서라고?

민아: 자기를 위해서라고?

연하: 자기를 위해서인가?

선을 실천하는 것도 자기를 위한 것이라고 했다. 자신의 목적을 가지고 선한 인물이 되어 가는 것에 뿌듯해한다는 뜻이었다. 자신이 따르는 사상과 종교에 충실함으로써 자신의 인격적인 성숙이 일어난다는 것에 의미를 두는 선사라는 뜻이었다.

한나: 자기의 사상을 추구한다는 것, 자기가 목표하는 바를 이루고자 한다는 것. 그러므로 자기를 위해서가 분명해.

자기를 위해서가 분명하다고 한나는 강조했다. 그녀들의 동조를 기다렸다. 하지만 민아는 반문했다.

민아: 자기를 위해서라니? 남에게 베풀지만 자기를 위해서라니…. 챙겨 가는 것은 아무것도 없다고 했잖아? 보답을 바라지도, 이름을 남기지도 않는다고 했잖아? 그런데도 자기를 위해서인가?

민아는 당황스럽다는 듯이 그렇게 말했다. 나리도 당황스런 표정을 지었다. 한나의 의견이 맞을까 봐 불안했다. 한나가 계속 말했다.

한나: 응. 그러니까, 선한 인물이 되어 간다는 사실에 뿌듯해한다는 거야. 보답을 바라지도 않고 내세울 것도 없지만, 자기 나름대로

의 설정에 주목한다는 것이지.

연하: 으음…, 자기 나름대로의 설정에 따라 행동하는 것인가?

나리: 설정이라면…, 자신의 목적을 가지고 행동하는 것이란 얘기군. 으음, 하지만 어쨌든 선사하는 경우가 아닐까? 굳이 내세우고 있는 것도 아니잖아? 익명으로 남으니 겸손한 것도 분명한 사실이잖아?

한나: 하지만 상대방은 마치 자기 계발을 위해서 있어야 하는 것처럼 보이지. 불쌍한 사람이 이용당하는 느낌이랄까?

한나는 계속해서 그들의 선사가 자신의 성장을 위해 있게 되는 것이라 했다. 나리는 그에 대해 반문했다. 괜히 깎아내리는 것 같아 보였기 때문이다. 그러나 이내 잠잠해지더니 고개를 갸우뚱거렸다.

이어서 연하가 동조의 발언을 했다. 그 말이 일리가 있다는 듯이 고개를 끄덕이며 맞장구를 쳤다.

연하: 과연 보답을 바라지도 챙겨 가는 것도 없다고 했지만, 자기의 인격적인 성숙이 일어나는 데 보람을 느끼는 것인지도 몰라. 정말 그럴 것 같아.

나리: 정말 그런 건가? 선을 실천하면서 '오늘도 선을 따라가고 있

군' 이렇게 생각한다는 건가?

한나: 응, 그래. 바로 그거야. '오늘도 선하게 되었군' 이렇게 생각하는 거야. 부족하다 싶으면 계속 보충해 가는 것이지. 날마다 실천해 가는 거야.

나리: 음, 그런가…. 그럴지도 모르겠군.

나리도 결국 그 말이 일리가 있다고 했다. 선을 실천하면서 자신은 선하게 되어 간다는 의식을 가지는 것이라고 했다. '오늘도 선하게 되었군'이라고 하며 자신에게 초점을 맞춘다. 상대방이 배제되어 있었다…. 그 설명은 그럴싸해 보였다.

연하: 점점 선하게 된다고 기뻐하는 것이군. 선한 사람으로 등극하려는 의지가 있는 것이군….

나리: 자기의 성장을 이루는 것에 의미를 두는 것이었군. 그렇군. 그럼 어떻게 되지?

연하와 나리는 연달아 그 의견이 그럴싸해 보인다는 반응을 보이며 한나의 의견에 동조했다. 선을 추구하는것이 자기 나름대로의 목적을 가진 것이고, 자신의 성숙이 일어나는 데 초점을 맞추고 있는 선사라는 의견이었다. 보답을 바라지도, 평판을 바라지도 않지만, 자신의 성장을 이루는 것에 의미를 두는 것이었다. 그렇게 되자, 더 이상 진정한 선사라고 하기 어렵게 되었다. 연하는 골똘히 생각하다 이렇게 말했다.

연하: 그럼, 그 경우도 이기적이라고 할 수 있는 건가? 우리가 이미 말해 온 것처럼 이기적이라고 표현해야 하는건가?

민아: 이기적인 것인가?

나리: 자신의 성장을 구하는 것만으로 이기적인 경우라 해야 하나?

한나: 이기적이라 할 수 있어. 이기성을 가득 가지고 있는 거야.

연하가 이 경우도 이기적인 경우인지 물었다. 한나는 당연히 이기적이라고 하였다. 하지만 나리는 이렇게 말했다.

나리: 이기적이라면 피해를 주는 것이 있어야 하지 않을까? 선사가 이루어지고 도움을 분명 받는데, 어떤 피해를 주게 될까?

한나: 으음…, 그건 구체적으로 알 수 없어. 피해를 안 줄지도 모르지만….

나리: 뭐? 피해를 주는지 알 수 없다고? 이기적이라면 피해를 주는 것이 있어야 해. 피해를 주는 것이 없다면 이기적이라고 할 수 없

을 거야.

한나: 으음…, 하지만 자신의 설정에 따라 행동한다는 것…. 자신의 목표로부터 나온 행동이 어떤 선의의 결과를 나타낼 수 있을까? 내심 성장하고 있다고 느낄 것이므로 은근히 위세로 자리 잡게 되겠지? 그런 의식은 불현듯 드러나게 되고 피해를 주게 되어 있어.

나리: 그런가…. 그걸로 상당히 자만심이 올라간다는 건가?

연하: 자신을 위한 행동을 펼치는 이상, 이기성을 피할 순 없다는 건가?

한나: 응, 그렇지. 남의 것을 뺏지는 않지만 자기 몫을 빨리 챙기는 사람들이지.

나리가 이기적이라면 피해를 주는 것이 있어야 한다고 했다. 한나는 구체적으로 피해를 묘사하지는 않았지만, 피해를 주는 것은 분명하다고 했다. 자신의 목적을 가진 이상, 남을 신경 안 쓰는 태도를 분명히 가질 것이라고 했다. 여러모로 해로울 것이라고 했다.

나리가 동조하는 것에 한나는 기분이 좋았다. 가만히 있다가 뭔가를 무너뜨린 듯한 기분이 전해져 왔다. 이제 자신은 무시하지 못할 의견을 내는 사람으로 인정받은 것 같았다. 뿌듯해하는 미소를 지었다.

나리와 연하가 동조하는 것을 보고 민아는 의기소침해졌다.

멍한 표정으로 화면을 바라보았다. 원숭이 한 마리가 나무 위에서 꾕음을 내고 있었다. 아마 밑에서 어슬렁거리고 있는 하이에나 떼를 몰아내기 위함인 것 같았다. 그것은 마치 한나가 떠들어 대고 있는 지금의 모양새 같았다. 한 마리 원숭이가 자기 앞에서 꾕음을 내고 있는 것 같았다.

그녀들은 그렇게 익명의 선사인 경우에 대해서도, 부정적인 입장을 취하게 되었다. 자기가 선하게 되려고 선사하는 것일 뿐이었다.

진정한 선사는 다시 찾아야 할 것 같았다. 그녀들은 한나의 미소를 은근슬쩍 보게 되었다. 무엇인가 야심 찬 것을 성취했을 때 나타나는 미소였나….

선을 따라가다

    그녀들이 보고 있는 화면에는 저녁노을을 배경으로 어슬렁거리고 있는 여러 마리의 동물들이 보여졌다. 밤이 가까워질수록 행동은 둔화되었고 어딘가 은신처를 찾아 헤매는 것 같았다. 하지만 육식 동물들은 여전히 공격적이며 밤에 더 사냥을 잘하는 개체들도 있었다. 초식 동물로선 긴장하지 않을 수 없는 사실이었다….

    화면을 멍하니 바라보던 민아는 혼자서 다시 골똘히 생각하게 되었다. 뭔가 납득이 가지 않을 뿐만 아니라, 마음 한구석에서 조롱당한 듯한 기분이 들었다. 한나의 의견은 '자기를 위해서'라는데 초점을 맞추고 있었다. 자기의 목적을 가진 것이라 하여, 진정한 선사가 아니라고 하고 있었다. 하지만 이기성이라고 할 수 있는 부분은 없고 피해를 주는 것도 없다. 도움을 주는 것이 분명하고 익명이므로 알려질 수 없다. 그런데도 부정적이라고 말해져야 하는 경우가 되어 버렸다. 민아는 그렇게 생각하자 감정이 상하지 않을 수 없었다. 진정한 선사란 것이 어떤 것이 있을 수 있는지 의아했다….

주는 사람의 입장에선 괜히 누군가에게 선심을 베풀다가 난처해지는 꼴이 될 뿐이다. 주는 사람이 욕 얻어먹는 일이 생긴다. 그렇게 되면 선사란 것은 어디선가 굴러떨어지는 경우만이 진정한 선사가 될 수 있을 것이다. 선사란 이렇게 조건이 까다로워선 행하는 사람이 드물어지고 나쁜 행위가 될 것만 같았다. 그런 생각하에 내심 불쾌해졌다.

의견 내는 것이, 자기 마음이지만, 한나에 의해 선심이 무너지는 것에 비위가 상하지 않을 수 없었다. 한나는 어린 나이에 경험도 없고, 뭐든지 잘 흉내 내어서 자기 생각에서 나온 의견인지도 모호하다. 어떤 책이나 드라마에서 본 것을 끄집어낸 것 같았다. 그녀가 종종 따라 하는 것들이 드라마에 나오는 유치한 대사들이다.
그래서 민아는 선을 따라가는 선사를 다시 미화시켜야겠다고 생각하게 되었다. 이것이 선사가 아니면 어떤 선사도 선사일 수 없다고 말하고 싶었다. 정말 마지막 의견을 말하며 이 상황을 정리하고 싶었다….

그녀는 머릿속에서 의견을 하나하나 되짚어 보았다.
나리는 이제 그 의견이 맞다는 듯이, 한나와 이야기하며 한나에게 동조하고 있었다. 한나를 기특하다는 듯이 토닥거리며 칭찬하고 있었다. 연하는 '최근에 달라졌어. 현명해졌네?'라고 하며 한나를 치켜 세웠다. 민아가 보기에 꼴사나웠다. 다 뒤집어 버리고 싶었다. 의견을 머릿속에서 정리한 민아는 곧 이렇게 반대 의견을 펼쳤다.

(이것으로, 이 선을 따라가는 선사는 어느 정도 가치를 회복하게 되었다.)

민아: 아, 익명의 선사…. 그것도 진실한 선사는 아니군. 그렇군. 선을 따라가지만, 자신의 정진을 이루기 위함이야. 으음, 그렇군.

한나: 그래, 아니야.

연하: 아닌 것 같아. 아쉬워. 그런데 왜?

영상물을 보다가 멈추고, 다시 민아에게 눈길을 돌렸다. 민아가 또 무슨 말을 하는가 싶어, 눈길을 돌리며 빤히 쳐다보았다. 민아는 머뭇거리다가 곧 이렇게 말했다.

민아: 음…, 그렇지만 그것이 이기적인 경우라고 할 수 있을까? 이기적인 선사라고 굳이 말해야 할까? 자신이 선하게 되어 간다는 것, 또 선하게 되고 싶다는 것. 그게 굳이 이기적인 의미라고 해야 할까?

이기적인 의미가 있을까라고 하며 반문하였다.
선을 따라가는 선사가 이기적일 수 있을까라고 하며 그녀 셋에게 물었다. 나리와 연하가 금방 대답했다.

나리: 뭐? 이기적이지 않을 수 있다고?

연하: 이기적인 것만은 아닌 것인가? 또 어떤 의견이 있는 것이지?

한나: 이기적이라고만 할 수는 없는 건가?

나리와 연하가 반문하며 귀를 쫑긋 세웠다. 한나는 고개를 갸우뚱거렸다. 언니가 무슨 생각으로 의문을 제기하고 있는지 궁금했다. 민아는 그에 대해 이렇게 말했다.

민아: 그것은 선을 알아보고 선을 따라간다는 것 아닐까? 선을 알아보지 못한다면, 그렇게 할 수 없는 거야. 선을 알아보기에 그렇게 할 수 있는 거야.

선을 알아보기에 그렇게 할 수 있는 것이라고 했다.
연하는 그게 무슨 말일까 궁금했다. 금방 반문했다.

연하: 뭐? 선을 알아보기에 그렇게 할 수 있는 것이라고?

한나: 선을 알아본다는 게 뭐야? 무슨 뜻이지?

나리: 선을 알아보다니…. 누구나 알아보는 것 아닐까?

선을 알아본다는 게 무슨 뜻인지 궁금했다. 자신에게 시선이 쏠리자 약간 긴장한 민아는 계속 설명했다.

민아: 으음, 선을 알아본다는 것도 어려운 일이야. 남에게 피해를 주는 것보다 남을 돕는 것이 좋다고 생각하는 것이지.

연하: 뭐? 남을 돕는 것이 좋다고?

나리: 남을 돕는 것?

한나: 남을 도와준다고?

남을 돕는 것이 좋다고 하였다. 그런 관점을 가진 것이라 하였다. 이어서 이렇게 말했다.

민아: 응, 남을 돕는 것. 사람들은 대개 자기와 연관이 없으면 무관심하고 기피할 뿐이야. 선사에 대한 생각이 없지. 누가 망해 가도 나 몰라라 하는 거야. 하지만 선을 실천하는 이들, 그들은 방관하지 않는 거야. 누군가 고통 속에 있는 것을 안쓰럽게 여기고, 누군가 도움의 손길을 내미는 것을 외면하고 싶지 않은 거야. 그리고 자기가 도움이 된다는 사실에 뿌듯해하는 것이지.

한나: 남의 처지에 무관심한 사람이 대부분인데 그들은 그렇지 않은 것인가?

연하: 아, 선을 알아본다는 것…. 선을 기피하지 않고 실천한다는 것인가?

나리: 자기가 도움이 된다는 사실에 뿌듯해한다는 것인가?

대개의 사람들이 타인의 처지에 무관심하다고 했다. 누군가 망해 가도 나 몰라라 한다고 했다. 하지만 선을 따라가는 이들은 누군가의 불행을 외면하지 않는다고 했다. 그들을 도와주려 하고, 또 도움이 된다는 사실에 뿌듯해한다고 했다. 민아가 계속 말했다.

민아: 선을 알아보지 못한다면 그렇게 할 수 없는 거야. 선을 알아보기에 그렇게 할 수 있는 거야. 선이 초라하다고 생각했다면 누군가 망해 가는 것을 반길지도 몰라.

한나: 선이 초라하다고 생각했다면 정말 외면하겠지.

나리: 그럴지도 모르겠군. 선이 초라하고 별것 아니라고 생각했다면 그런 행동들은 나타나지 않겠지. 일부러 손해나는 짓은 하지 않을 테니까 말이야.

연하: 그렇다면 선을 아름다운 성질로 보기에 선을 실천한다는 뜻인가?

민아: 응, 바로 그거야. 선을 아름다운 성질로 보는 것이지.

선이 별것 아니라고 생각한다면 기피할 것이라고 했다. 선이 아름다운 성질이라 생각하기에 실천하는 것이라고 했다. 연하도, 나리도 이내 그 말이 일리가 있다고 생각했다. 그래서 귀를 쫑긋 세웠다. 한나는 자신의 의견이 무마되는 것을 느끼며 어깨를 약간 움츠렸다. 그리고 의심의 눈빛으로 민아를 쳐다보았다. 민아는 이 설명이 그럴싸하게 전달되었음에 기뻐하며 계속 설명해 갔다.

민아: 무언가 멋있다고 어린아이처럼 따라 하는 게 아냐. 누군가를 밟고 올라서며, 누군가를 경멸하며 자기가 뛰어나다는 것을 보이고 싶은 게 아냐. 자기는 나쁜 사람들처럼 되고 싶지 않은 거야. 자기 몰골은 흉측해지고 싶지 않은 것이지. 그래서 그런 행동이 나타나게 되는 것이지. 선의 실천 말이야.

나리: 아, 나쁜 사람이 되고 싶진 않고, 선한 모습을 유지하며 선한 사람이 되어 가고 싶다는 것이군. 그래서 베풂을 실천한다는 것이군?

연하: 으음…, 누군가에게 도움이 되는 사람이 되고자 하는 것이구나. 그게 더 미덕이라 생각하는 것이구나.

나리: 나쁜 사람들에게 피해를 입어 봤다면, 과연 그것은 좋은 방향이 아니라는 것을 알게 되겠지. 그래서 따라 하고 싶지 않을 거야.

민아: 응, 그렇지.

선을 실천하는 사람들은 자기 모습이 흉측해지는 것을 바라지 않는다고 했다. 누군가에게 피해를 주는 것을 경멸한다고 했다. 자신을 가꾸지만 난폭하거나 비열한 모습을 띠고 싶지는 않은 것이라 하였다. 그들의 선사는 선한 모습을 유지하며 선한 사람이 되어 가는 것에 의미를 둔 선사였다. 선의 아름다움을 알아보는 선사였고, 단지 그것을 실천하고픈 목적을 지닌 선사였다.

민아: 비록 의무적인 실천이고 헤아리는 마음이 부족하지만, 선을 따라간다는 것만으로 의미가 있는 거야. 자기를 한껏 꾸민다 해도, 선으로 꾸미고 싶은 거야. 선한 사람이라는 평가를 받을 때 그들은 환호하는 것이지.

나리: 아, 자신을 가꾼다는 의미가 있어도 이기적이 아닐 수 있는 것이군.

연하: 무력으로 자신을 꾸미는 사람이 있는데, 그들은 그렇지 않은 것이군.

민아: 응, 그렇지. 그러므로 그들이 어떤 노력으로 선한 인물이 되어 간다고 해도 비난의 대상이 될 수는 없는 거야. 그들이 비난의 대상이 된다면, 도움받는 이들도 비난의 대상이 되고 말 거야.

나리: 으음…, 그렇겠군. 선한 인물이 되어 간다 해도 비난의 대상이 될 순 없을 것 같군. 선으로 자신을 꾸미고 싶은 사람들이라니. 선사를 또 다른 시각으로 볼 수 있게 하는군.

나리와 연하가 고개를 끄덕였다. 자신의 성장에 초점을 맞추고 있었지만 선을 아름다운 것으로 여기는 마음을 가지고 있었다. 그래서 다분히 부정적으로 볼 수만은 없었다. 선을 마음에 담으며 선을 실천하면서 선한 사람이 되어 가는 것에 그들은 행복해지는 것이었다. 위력으로 자신을 꾸미며 누구보다 강인하다는 것을 내세우는 사람들과 비교되어 보였다. 이것은 익명의 선사에 대한 새로운 관점을 제시해 주는 듯하였다. 민아는 계속해서 이렇게 말했다.

민아: 선이라는 것. 나눌 수 있고, 느낄 수 있다는 것. 누군가의 행복을 바란다는 것. 그런 개념들이 어떻게 유지될 수 있겠어? 이 사회에서 말이야. 누군가는 그렇게 해야만 하는 거야. 아무도 그렇게 하지 않는다면 그런 개념도 사라지고 말 거야.

연하: 그렇겠지. 타인이란 건 안중에 없게 될 거야.

민아: 응. 모두들 자기 인생에 몰두하고 자기의 이익에 안주할 뿐이야. 그런데 소수의 어떤 사람들은 그 길을 가는 거야. 익명으로 남는다 했지? 누군가 알아주지 않아도 실천하는 거야. 자기 눈에 좋은 것을 좇는 것이지.

연하: 음, 그렇군. 그렇다면 그들이 바른길을 향하고 있기 때문에 그 개념들도 지켜지고 있는 것이군?

민아: 응, 그렇지. 그들이 지켜 내고 있는 거야. 그리고 누군가에

게도 감화를 주게 되지. 그런 사람이 한둘 모여서, 이 사회에 선의 풍조를 만들어 내고 있는 것이지.

나리: 그들이 모여서 선사의 개념을 퍼뜨리고 있는 것이구나.

이 사회에서 아무도 그런 가치를 못 알아본다면, 그런 개념들도 지켜질 수 없었을 것이라고 하였다. 그들이 선의 풍조를 지켜 가고 있는 것이라 했다. 누군가에게도 감화를 준다고 하였다.

민아: 위선자들만으론 선이란 허풍일 뿐이야. 그들이 사회를 밝게 하는 것처럼 보이지만, 그 이면은 계략과 불성실로 가득 차 있는 거야. 그런 허구는 감화를 줄 수도 없고 세상에 기여할 수도 없을 거야.

나리: 그래, 그럴 거야. 계략과 위선의 사회라니, 암담하군….

연하: 선을 따라가는 사람들…. 그들은 선을 실천하며 선을 퍼뜨리고 있는 것이었구나.

민아: 응. 우리 사회는 그들로 인해 밝은 사회가 되어 가고 있지. 그러므로 우리 사회에 그런 사람들이 있으면 있는 대로 좋은 것 아니겠어? 자기가 선하게 되려는 사람들. 그들로 인해서 선이 유지되고 있으니 말이야. 선이 아름다운 성질이라는 것이 드러나고 있으니까 말이야.

나리: 그래, 그런 사람들이 있으면 있는 대로 좋은 거야. 그들이 선을 지키고 있는 거야. 지켜 가고 있는 거야.

연하: 그들이 있어서 좋군. 괜히 그들에 대해 잘못 생각할 뻔했군.

한나: 으음, 그렇군….

민아는 미소를 띄우며 자신의 의견을 마무리 지었다.

이 사회는 그들이 선을 지켜 가고 있기 때문에 선이 인정받을 수 있는 것이라 하였다. 그들이 없었다면 선은 허풍일 뿐이고 위선일 뿐이라고 했다. 선사, 나눔, 누군가의 행복이라고 말할 수 있는 것은 그들이 있기 때문이었다. 민아의 의견으로 다시 그런 사람들에 대한 좋은 관점이 생겨났다….

연하는 그 의견들을 들으며, 이 사회가 이기적인 사회만은 아니라고 생각하게 되었다. 모두가 자기 이익에 몰두하지만, 누군가는 낯모르는 이에게 타인으로서의 역할을 하고 싶은것이라고 생각했다.

한나는 자신의 의견이 묻히고 다시 민아 언니의 의견이 부각된 것에 내심 짜증이 났다. 민아 언니가 그런 내용을 담은 이야기를 하고 있는 것에 웃음만 나올 뿐이었다. 민아 언니의 평소 태도를 보면 그런 것과 거리가 멀기 때문이었다.

나리는 다시 화면을 힐긋 바라보고 있었다. 연하도 화면으로 다시 눈길을 돌렸다.

그 와중에 한나는 민아의 표정을 빤히 바라보고 있었다….

진정한 선사

창문에서 햇살이 들어오고 있었다. 그녀들은 오붓하게 앉아 화면을 계속 주시하고 있었다….

선을 따라가는 사람들…. 자신을 선으로 꾸미고 싶은 사람들이란 결론이 났지만, 그 의견에 연신 열변을 토하던 민아 언니를 동생인 한나는, 속으로 비웃으면서 보고 있었다.

그녀가 선을 따라가는 사람들을 옹호한다는 듯이 그들의 입장에서 잘 설명하고 있었지만, 사실 민아 언니란 사람은 원래 선과는 거리가 먼 사람이었다.

그녀는 비록 눈에 띌 만한 악행을 저지르는 사람은 아니었지만, 남의 피해를 신경 안 쓰는 태도를 분명 가지고 있었다.

자기 집에 모인 쓰레기를 자주 누군가의 휴지통에 투척하며 모른 척했고, 멀리 가기 싫어서 누군가의 집 근처에 노상 방뇨 하기도 했다. 줄 서 있는 곳에 잘 끼어드는 새치기꾼이었고, 가끔은 불쌍한 척하며 시선을 끄는 데 유능하여 모금 활동도 잘하는 사기꾼이었다. 잦은 사건을 일으키는 그녀였고 누구보다도 몰상식한 그녀였다. 그녀는 단지 자기가 꺼낸 의견을 뒷받침하기 위하여 열변을 토했을 뿐이라고 한나는 생각했다. 그래서 민아가 의견을 말하는 내내, 한나는 속으로 비웃기만 했다.

민아는 여전히 자신이 꺼낸 의견이 인정을 받은 것에 흡족한 양 미소만 짓고 있었다. 겉으로 드러나는 양심을 거스르는 의견들로 인한 창피한 모습은 없었다.

어쨌든 그렇게 생각하며 한나도 화면을 바라보았다. 파아란 하늘이 화면에 펼쳐져 있었다. 구름이 두둥실 떠다니는 한가로운 풍경이었다. 그 아래에서 가젤들이 풀을 뜯고 있는 모습이 보여졌다. 아프리카의 대지는 정말 넓었다.

그녀들이 계속 화면을 보고 있었다.

그러다가 나리가 '저것 봐'라고 갑자기 소리쳤다. 한 마리의 사자가 가젤의 새끼들을 노리며 급습했다. 어미는 허겁지겁 피신하는 것 같았다. 하지만 새끼들 중 한 마리는 사자의 밥이 되고 말았다.

이어서 몰려든 사자들은 가젤 새끼를 야금야금 뜯어 먹었다. 연하는 눈을 동그랗게 뜨며 '저걸 어째?' 하고 안타까움을 표시하였다.

한나는 '마치 닭고기를 뜯는 것 같아'라고 신난다는 듯이 소리쳤다.

나리도 그것을 보면서 '잘 먹는군'이라고 하며 감탄하였다.

이런 모습을 보고 민아와 연하는 의아해했다. 연하가 '저건 잔인한 일이야'라고 나리에게 질책하듯이 한마디 했다. 하지만 나리는 아무렇지도 않은 듯이 대꾸했다.

'육식 동물이 초식 동물을 잡아먹음으로써 생태계의 균형을 유지한다'라고 하였다. 그리고 덧붙여 '초식 동물은 그 수가 너무 넘쳐서는 안 되며, 육식 동물들이 그 수를 조절한다. 결국 선을 실천하는 것'이라고 하였다. 연하는 민아와 함께 '아, 그렇구나' 하며 동시에 감탄하였다. 나리의 의견은 언제나 평범하지 않다고 그녀들은 생각했다.

화면이 그렇게 지나가자, 다시 대화는 선사란 주제로 돌아왔다. 선사의 미흡한 부분과 그동안 논의해 왔던 주제들의 단점들. 그것들에 대해서 보충해야 할 것 같았다. 나리가 먼저 입을 열었다.

나리: 아, 이제까지 우린 진정한 선사에 대해서 말해 왔었지. 진정한 선사란, 선한 사람이 되고 싶어서 하는 선사라고 했었어. 그럴 때 익명으로 남을 수 있다고 했었어.

연하: 그래, 그랬었지. 그건 결론처럼 말해졌었어. 하지만 아직 안 끝난 것인가?

나리: 그래, 안 끝났지. 여전히 부족해 보여. 뭔가 결론이라 하기엔 부족해 보여.

연하: 뭐? 부족하다고? 그것도 부족한 건가? 그럼 어떤 게 진정한 선사이지?

민아: 아, 부족한가? 왜 부족하지?

한나: 아직도 부족하군….

이미 결론인 듯이 말한, 선을 따라가는 선사도 여전히 부족하다고 나리가 말했다. 미흡한 점이 있다고 했다. 민아와 연하, 한나는 아직도 끝나지 않은 선사에 대한 논의에 놀라움을 표시하였다. 나리는 그런 선사보다 더 진정한 선사에 대해 말했다.

나리: 응. 선을 따라가기에 익명으로 선사한다 해도 부족할 수밖에 없지. 부족할 수밖에 없어. 음…, 그것도 자기가 선하게 되려고 하는 선사이니까 말이야. 이미 말했었지, 자기를 위해서라고 말이야. 이기적이란 표현은 안 어울리지만, 결국은 자기를 위해서이지.

연하: 그런가?

민아: 여전히 그럴지도 모르겠군….

한나: 아까 나의 그 말은 여전히 맞는 말이군.

나리: 응, 그렇지. 그러므로 다시 아무것도 바라지 않고 베푸는 사람들도 있을까라는 질문이 생겨나. 아무것도 바라지 않는 사람들, 그러니까, 보답도 바라지 않고 선함도 내세우지 않는 사람들. 그런 사람들도 있을까라는 질문이 생겨나.

민아: 아, 선함도 내세우지 않는 사람들?

연하: 보답도 바라지 않고 선함도 내세우지 않는 사람들…. 선함도 안 내세운다면 진정한 선사겠군. 그래, 그럴 것 같아. 그런 사람들도 있나?

한나: 그들은 어떤 사람들이지?

보답도 바라지 않고 선함도 내세우지 않는 사람들도 있다고 했다. 선한 사람이 되기를 바라지도 않는 사람들…. 선이라는 미덕을 알면서도 따라가지 않는 사람들…. 그런 사람들도 있다고 했다. 그들이 진정한 선사를 하는 사람들일 것이라고 생각하게 되었다. 서로 재촉하며 그런 사람들이 어떤 사람들인지 물었다.

궁금증이 고조되며 몇 초간의 침묵이 있었다….

창문에서 옅은 바람이 불어왔다. 4월의 봄바람이 예쁜 꽃향기를 머금고 불어왔다. 나리의 머리카락이 약간 흩날렸다. 이 대화는 어린 한나의 질문에서부터 시작되었다. 선사에 대해 말하기까지 여러 주제들을 건너왔다. 교환 속 세상에서 풍요를 누리며 살아간다고 했다. 독점과 선점의 부조리에 대해서도 말했었다. 과장 광고에 대해 말하며 생산자를 탓하기도 했었다. 그러다가, 이기성이 없어지면 어떻게 되냐고 물었고, 선사하게 된다고 하여 선사가 주제로 떠올랐다.

하지만 선사는, 진정한 선사가 쉽게 구분되어지지 않았다. 이것저

손님 2호

것 잘못된 것이 걸러내어졌다. 그렇게 해서 마지막으로 말해진것이, 선한 사람이 되기 위한 선사 또는 선을 따라가기에 하는 선사였다. 하지만 여기서 다시 그것을 부정하게 되었다. 그것도 진정한 선사가 아니라고 했다. 선을 따라가지도 않는 사람들, 그런 사람들도 있다고 했다. 그들은 어떤 사람들이지라는 질문이 던져졌다. 그 질문에 대해 나리는 이렇게 대답했다.

나리: 으음…, 선을 따라가지도 않는 사람들. 선이란 좋은 것이라고 생각하지도 않는 사람들. 그런 사람들이 베푼다면 그것은 정말 아무 이유 없이 베푸는 것일 거야. 아무 이유 없이 말이야. 아까 선물을 줄 때의 마음처럼 상대방이 기뻐하기를 바라면서 주는 것일 거야.

민아: 아, 상대방이 기뻐하기를 바라기에 주는 것? 그래, 상대방이 기뻐하기를 바라면서 준다면, 그 선물은 진심일 것 같아.

연하: 상대방이 기뻐하기를 바란다니…. 그게 맞는 것 같아. 자기의 평판을 위해서도 아니고 보답을 받기 위해서도 아니고, 자기가 선하게 되기 위해서도 아니고, 단지 상대방이 기뻐하기만을 바란다는 것…. 그래서 준다면 그게 진심 어린 선사일 것 같아.

나리: 그래. 그게 진심 어린 선사일 거야. 진심 어린 선사지.

한나: 아…, 그게 진심 어린 선사군.

민아: 이제 찾은 것인가?

진심 어린 선사를 하는 사람들은 상대방이 기뻐하기를 바라면서 선사한다고 하였다. 상대방이 기뻐하기만 하면 자기에게 돌아오는 것이 없어도 되는 것이라고 했다.

그들의 선사는 준다는 것 외에는 아무 의미도 가지지 않는 것이었다. 민아와 연하도 그 의견에 동감했다. 한나도 그 말을 곧 알아들었다. 진심 어린 선사란 그런 것이어야 한다고 생각했다. 상대방이 기뻐하기만을 바라는 것. 단지 그런 것이라고 생각했다.

민아: 아, 이제까지 논의들은 마치 헤매 돈 것 같아. 선사란, 진정한 선사가 될 수 있으려면 아무 이유도 없어야 했던 거야. 정말 아무 이유 없이 주어야 했던 거야. 상대방이 기뻐하기를 바라기에 주는 것. 그것이 준다는 것의 본래 의미인 거야.

연하: 그래, 그런 것 같아. 우리는 헤매 돌았던 거야. 준다는 것은 상대방을 위해서 주는 거야. 그게 그 의미의 전부인 거야. 다른 식으로 준다는 것은 가식일 뿐이야. 자기를 위해서 주는 것일 뿐이야.

한나: 상대방을 위하는 척 흉내 내고 있었던 것이군.

나리: 음, 그래…. 준다는 것을 다른 것을 위한 수단으로 삼고 있었던 거야.

민아: 굳이 나쁜 것처럼 드러나진 않았어도 가식이라는 것을 부인할 수는 없지.

한나: 진정한 선사란 그런 것이었군. 상대방이 기뻐하기만을 바라는 것.

그동안 그녀들은 헤매 돈 것 같았다고 했다. 처음에 선물에 대해서 얘기할 때 장황하게 이야기한 것이 실수였던 것 같았다.
보답을 바란다는 것에 너무 초점을 맞추는 바람에 '어떤 마음으로 줄까'라고 묻는 것에 소홀했었다. 유명인의 선사니, 익명의 선사니 하면서 더 복잡하게만 되었다.

민아: 이제까지 보답에 대해서 이야기했었지만 보답이란 것이 누구나 보답을 가정하므로, 없는 경우가 독특해 보여서 그런 것 아니겠어?

나리: 그럴 거야. 어떤 선사가 보답을 바라지 않다니…. 정말 독특해 보일 거야.

한나: 정말 독특해 보여. 왜 그들은 그런 선사를 하고 있지? 자기에게 이익도 안 되는데 말이야. 그런 질문이 지금도 생겨나.

민아: 그러니까 진정한 선사지.

한나: 아, 그렇구나….

연하: 어쨌든 진정한 선사란 그런 것이었군. 보답도 바라지 않고, 선하게 되려고 하지도 않고 주는 것. 이제 진정한 선사에 대해 결론이 난 것이군.

민아: 그래. 결론이 난 거야. 진정한 선사를 찾은 거야.

한나: 찾은 것이군.

이기성이 없는 상태를 가정한 이후, 드디어 결론에 이른 것이라고 생각했다. 그녀들은 기뻐했다.

이 결론으로, 이제 진정한 선사를 알아볼 수 있게 된 것 같았다. 자신에게 호의적으로 다가오는 이들의 선물과 친절이 진실인지 가늠하기 쉽게 되었다고 생각했다. 그래서 연하는 기뻤다.

이 논의가 함유하고 가치를 연하는 되짚어 보았다.

어떤 호의가 보답을 가정하고 있을 땐 자신도 선사해야 한다는 사실을 잊지 말아야 한다. 또 어떤 호의가 평판을 기대하고 있을 땐 그들을 띄워 주게 된다는 사실을 잊지 말아야 한다. 그리고 익명의 선사는 선을 추구하는 사람들에 의해 이루어지는 경우가 많지만 모두가 그런 것은 아니어서, 어떤 이들은 단지 누군가가 기뻐하기를 바라면서 선사한다…. 이러한 사실을 이 논의를 통해서 알게 되었다.

민아는 선을 따르는 선사를 주장했지만, 나리의 그 의견은 옳아 보였다. 진정한 선사란 상대를 위해 주는 것이어야 한다. 자신을 위해 주는 모든 선사는 진정한 선사가 될 수 없다. 자신의 의견이 묻히고 나리의 의견이 떠올랐지만, 달리 반감이 들지 않았다. 단지, 한나가 끼어들지 않은 것이 다행이라고 생각했다.

연하는 이제 결론에 도달하여 여유를 찾게 된 것 같았다. 그동안 논의에 소모된 기력이 상당한 것 같았다. 비록 운동을 한 것은 아니지만 정신을 한곳에 집중하느라 식은 땀을 흘린 것과 같이 안색이 창백해졌다.

그녀는 논의 중에 항상 자신의 의견에 토를 다는 상대가 없다는 것이 다행이라고 느꼈다. 나리와 민아, 한나는 모두 적절한 의견을 피력할 뿐이었다. 아마도 그들이 아니었다면, 이 논의는 싸움으로 번져서 결국 서로 대립하는 상황이 펼쳐지고 말았을 것이다.

논의는 이렇게 순조로워야 하며 터무니없는 주장으로 소모만 일어나는 일이 없어야 할 것이라고 그녀는 생각했다.

그녀들과 같이 논의하니 어느 주제를 놓고 고민하다가 흐트러지거나 어느새 곁길로 새거나 히죽히죽 웃으며 논의를 망가뜨리는 경우가 없었다. 그래서인지 지금의 논의가 무척 소중하게 느껴졌다….

이제 진정한 선사에 대해 알았으므로, 이 대화는 끝날 줄 알았다. 셋 다 그렇게 생각하고 있었다. 민아는 마무리 지어야겠다고 생각하고 있었다. 하지만 나리에겐 또다시 의문이 생겨났다. 또 다시 의문이 생겨나면서 분위기는 고조되었다….

누군가에 대한 선사

화면에는 커다란 입을 벌리며 위협하는 하마가 보여졌다. 자신의 영역에 들어온 동물들을 내쫓으며 신경질을 부리고 있었다. 악어도 감히 부근에 가지 못하였다. 그 틈을 노리고 얼룩말이 강을 건너기 시작했다. 새끼 얼룩말도 뒤따라 강을 무사히 건넜다. 악어는 다가오지 않았다. 민아와 연하가 안도의 한숨을 내쉬며 '무사히 건넜군'이라고 말했다.

이 장면을 멍하니 바라보던 나리는 생각에 잠긴 채 말이 없었다….

진정한 선사는 아직 미흡해 보였다. 적어도 나리에게는 미흡해 보였다. 자신이 꺼낸 의견을 부정하는 상황이 금방 발생하게 되었다. 나리는 조금 전의 내용들을 되짚어 보았다.

아무것도 바라지 않고 주기만 하는 경우는 어쩌면 말이 안 되는 경우이다.

아무것도 바라지 않는다면 괜히 자기 손해만 일어나고, 낯모르는 사람이 도움을 받는다 한들 별로 기쁠 것도 없다. 받는 순간 그 사람은 감사의 인사를 한 번 전하겠지만, 그 이후 잊혀진다. 보람이라고 할 수 있는 순간은 없다.

더군다나 잘 주는 사람들은, 그 성향이 예외적인 경우가 많다. 흔히 욕심이 적은 사람들이 잘 주는 성격을 가지고 있다. 그런 사람들은 아무 생각도 없거나, 무감각해서 즐길 줄 모르는 사람들이라고도 할 수 있다. 자동차, 집, 각종 전자 제품을 가져도 그들은 가치를 모르는 것이다. 가지는 즉시 누군가에게 주어야겠다고 생각하곤 한다. 그래서 잘 주는 사람이 되어 있다.

그렇게 생각하자 누군가에게 잘 주는 사람에 대한 의견도 부정적으로 기울지 않을 수 없었다. 그리고 관련된 경험들이 떠올랐다.

나리의 예전 친구 하나도 그런 인물이었다.

자신에게 잘 베풀었고 언제나 잘 양보했다. 하지만 말이 잘 안 통했고, 별다른 감흥이 없어서 놀기가 신나지 않았었다. 놀이공원에 가면 하품만 했었고, 영화관에선 슬픈 장면에서 히죽히죽 웃었다. 괴상한 그림을 수집하며 고상한 척하고 있었고, 허름한 옷들을 즐겨 입으며 멋이 난다고 하고 있었다. 공감과 소통이 되지 않는, 단지 미련한 친구였다.

지금 이 논의에서도 진정한 선사를 하는 인물들이란 그런 사람일 거라고 나리는 생각하게 되었다.

그저 미련한 사람을 지금 추켜세우고 있는 것인지도 모른다. 미련한 사람이 베풀고 있는 것을 장점이라 하여 칭찬하고 있는 것인지도 모른다.

자기는 평소에 미련한 인간은 질색일 뿐이라고 여기고 있었다. 미련한 인간이 진정한 선사를 해 봐야 별 의미도 없다. 자기가 꺼낸 의견이지만 부인하지 않을 수 없었다.

민아는 화면만 바라보고 있었다. 연하도 화면을 바라보고 있었다. 화면에는 표범이 사냥하는 장면이 보여지고 있었다. 결국 가젤 한 마리를 잡아서 나무 위로 끌고 가고 있었다. 밑에서는 사자가 쫓아왔으나 나무 위로 올라가지 못하고 있었다. 긴장스런 장면은 다 지나간 것 같았다.

나리는 그 장면이 끝나자, 곧바로 부인하는 의견을 꺼내게 되었다.

(이 부인은 이 논의의 마지막 전환점을 맞이하게 하였다.)

나리: 으음, 그런데 다시 뭔가 이상한 부분이 있어. 이상한 부분 말이야.

민아: 뭐? 이상하다고?

나리: 아까 그 결론에서 말이야.

민아: 아까 그 결론? 진정한 선사라고 했잖아? 이상하단 말이야? 뭐가 이상하지?

나리: 역시나 부족한 부분이 있어 보여.

연하: 뭐? 부족하다고? 부족한 게 뭐지?

그녀들은 셋 다 나리를 바라보았다. '또다시 문제가 제기되는구나' 하고 느끼면서 당황하였다. 한나는 일어서려다가 자리에 다시 앉았다. 다시 '뭐지?'라고 물었다. 나리가 말했다.

나리: 뭔가 미흡해 보여. 결론이라고 하기엔 뭔가 미흡해 보인단 말이야.

민아: 그럼 또 진정한 선사가 아니란 말인가?

연하: 또 아닌 것인가? 왜 아니지?

한나: 왜 아니지?

일단 미흡한 점이 있다고 하였다. 나리는 속으로 생각하고 있던, 진정한 선사를 하는 인물이란 결국 미련한 사람들이라는 의견을 바로 꺼내 놓기엔 망설여졌다. 미련한 사람으로는 대표적으로 연하의 어머니가 있었다. 연하의 어머니는 자주 누군가에게 속아 넘어가서 돈을 날리고 괴상한 물건들을 사 오기 일쑤였다. 사람들이 많이 몰린 곳을 좋아해서 잘 유혹되어 갔고, 주위 사람들 말도 잘 듣기 때문이었다. 그 이야기를 꺼낸다면 연하가 민망해할 것 같았다.

민아의 남동생도 상당히 미련한 인물로 알려져 있었다. 시간 감각이 없어서 요리도 잘 태웠고, 패션 감각이 없어서 체육복만 입고 다니기도 했다. 저질 음식을 맛있다고 추천하며 구타당하기도 했었다.

　그래서 미련하다는 말은 꺼낼 수 없을 것 같았다.

　다른 의견으로 바꾸어 내놓게 되었다.

　나리: 음…, 미흡한 데가 있어. 결론이란 건 그렇게 쉽게 내릴 수 있는 게 아니지.

　민아: 뭐? 결론이 아니라고? 미흡한 점이 대체 뭐지?

　한나: 미흡한 점이 뭐지?

　연하: 뭐지?

　나리의 의견에 의문을 연달아 표시하며 의아하다는 반응을 보였다. 화면을 보는 것도 잠시 멈추었고 '미흡한 부분이 뭐지'라고 물었다. 나리가 미흡한 부분에 대해서 이렇게 말했다.

　나리: 음, 진정한 선사란 그런 게 아닌지도 모르지. 단지 상대방이 기뻐하기만을 바라는 선사…. 그것도 뭔가 부족해 보여. 부족해 보인단 말이야. 기뻐하기만을 바란다면 무척이나 좋아한다는 뜻 아니겠어? 무척이나 좋아하므로 기뻐하기를 바라는 것이겠지.

연하: 그래, 좋아하니까. 무척 좋아하니까 기뻐하기를 바라는 것이겠지. 그런데?

한나: 그래, 그럴 거야. 좋아하니까. 그런데?

나리: 응, 그래. 좋아한다면 그런 선사를 하게 되겠지. 그럴 거야⋯. 좋아서 주고 싶은 거야. 으음⋯, 그런데 좋아하는 사람들이란 대개 상대방도 자신을 좋아하는 경우이지. 서로 좋아하는 경우야. 서로 아는 사이란 말이지. 하지만 우린 모르는 사람을 가정했었잖아? 지금까지 말해 온 게 대개 모르는 사람들이었어. 베푼다는 표현 그대로를 적용하려면 모르는 사람들이어야 하지. 친분있는 사이를 가정한다면 선사란 애매한 거야. 뭔가를 준다는 것이 애매모호한 것이지.

연하: 애매모호하다고? 아는 사람은 애매모호한 건가?

민아: 친분 있는 사이는 애매모호한가?

모르는 사람을 가정해야 한다고 하였다. 상대방이 기뻐하기를 바란다고 할 때, 대개 좋아하는 사람들에 대해서 이루어지는 선사라고 하였다. 아는 사람에게 선사를 하는 경우는 애매모호하다고 하였다. 베풂이 맞는지 애매모호하다는 뜻이었다.

연하: 왜 애매모호하지?

한나: 손해와 이득을 따지기 어렵다는 건가?

나리: 응, 그렇지. 친분 있는 사이란 그렇지. 서로 돕고 사는 것이 보통이고, 협력 관계가 대부분이지. 자식에게 선사를 하고 있다고 표현하긴 어렵거든? 자매에게 또는 애인에게 선사하고 있다? 애매한 표현이야.

연하: 하…, 그럴지도 모르겠군. 친분이 있다면 친분이 있기 때문에 선사하는 것일지도 몰라. 그럴지도 모르겠군.

나리: 친분이 유지되는 이상, 선사가 있게 되는 거야.

민아: 아, 그런가? 친분이 있기 때문에 주는 거라고?

한나: 친분이 있어서 주는 것은 진정한 선사가 아닌가?

친분 있는 사이는 친분이 있기 때문에 주게 되는 것이라고 했다. 잘되고 기뻐하라고 주는 것이 맞지만 이유 없이 준다 해도 어떤 특별한 선사라고 하기 어렵다는 뜻이었다. 친분으로 그런 주고받음이 생긴다는 뜻이었다. 그러므로 모르는 사람을 가정해야 한다고 했다. 모르는 사람에 대해선 정말 주는 것이라고 했다.

민아: 그럼 모르는 사람을 가정한다면 어떻게 되지? 모르는 사람이면서 좋아한다면, 짝사랑하는 경우인가? 아니면 존경하는 인물?

손님 2호

모르는 사람을 가정한다면 어떻게 되냐고 물었다.

......

진정한 선사란 것이 금방 허물어져 버린 것 같았다.

아는 사람은 애매모호하다고 하면서 금방 허물어져 버린것 같았다. 하지만 아는 사람이라고 굳이 가정하지도 않았던것 같은데 나리는 부인하는것 같았다. 민아는 나리가 새로운 의견을 꺼내고 싶은거라 생각했다… 일단 모르는 사람을 가정한다면 어떻게 되는지 물었다.

나리: 그래, 그런 경우도 되겠지. 짝사랑하거나 존경하는 인물…. 으음, 멀리서 지켜봐 왔지만 마음에 드는 경우가 있어. 그 사람에 대해서 애정이 생겨나 있는 거야. 잘 모르지만 애정이 생겨나 있지.

민아: 아, 그럼 그런 사람들에 대한 선사를 가정해야겠군.

연하: 그럼 그런 경우에선 어떤 선사가 있을 수 있지? 선사가 아니어도 간접적으로 도와주거나 응원하는 경우도 있는가?

나리: 음, 자기가 우상으로 여기는 사람…. 친밀히 다가가긴 어려울 거야. 단지 마음속으로 애정을 품고 있겠지.

민아: 그 사람에 대해서 혼자 속으로 응원하는 경우구나.

나리: 응, 그렇지. 혼자 열렬히 좋아하는 경우야. 그 사람을 내내

지켜보고 있지. 남녀 사이가 아니어도 좋아. 만일 누군가가 그에게 욕을 해 오고 있다면 자기가 나서서 혼내 주고 싶을 거야. 또 그가 굶주려 있다면 자기가 음식을 마련해 주고 싶을 거야. 그 사람이 나쁜 길로 향하고 있다면 곧 바로잡아 주고 싶을거야. 애정을 느끼기에 그런 잘못되어 가는 모습을 보고 있을 수 없는 거야.

민아: 아, 그렇군. 잘못되어 가는 모습을 보고 있을 수 없는 것이군.

연하: 고통스러워하는 모습을 보고 싶지 않은 것이군.

나리: 응, 그렇지.

민아: 그런 사람에 대해서 선사할 때 선사로서의 마음이 더 잘 드러날 수 있는 것인가?

나리: 응, 그래. 더 분명하게 드러나지. 선사로서의 마음이 더 분명하게 말이야.

모르는 사람을 가정할 때는 동경하는 어떤 사람에 대해서 애정을 느끼며 선사한다고 하였다. 고통 속에 있는 것을 원치 않으며 지켜주고 싶고, 잘되기를 바란다고 하였다. 친분이 그다지 없어도 그렇게 된다고 하였다. 그렇게 친분이 없는 사이를 가정할 때 선사가 더 잘 드러날 수 있다고 했다.

민아도 수긍이 갔다. 친분이 있는 친한 사람에 대해서 준다면 애매모호할 것 같았다. 보답을 바라지 않는다 해도 자기편이란 개념이 깔려 있어서 준다는 의미가 의아해진다. 그래서 수긍이 갔다. 나리가 계속해서 말했다.

나리: 그리고 선사라는 것은, 좋아할 것도 없지만 동정심을 가진 경우도 있지. 예를 들어 다친 경험이 있는 사람은 같은 처지의 사람들을 비웃지 않아. 한때 다리를 다쳐 목발을 짚고 다닌 적이 있는 사람은, 같은 목발을 짚은 사람을 보아도 놀리지 않아. 처량해 보여도 놀리지 않아. 자기도 한때는 그런 아픈 일들을 겪었던 적이 있기 때문이야. 같은 사람으로서 동정심을 느끼는 것이지.

동정심을 느끼는 경우도 있다고 했다.
같은 처지의 사람에게 동정심을 느낀다고 하였다.

민아: 모르는 사람이지만 동정심을 느끼는 것이구나.

나리: 응, 그렇지.

한나: 동정심은 같은 사람으로서 느끼는 것이군.

민아: 같은 처지…. 남의 일이지만, 한때의 자기와 같다는 것을 아는 것….

나리: 응, 동정심이란 그런 거야. 같은 처지의 사람들을 이해하는 것, 그 심정을 헤아리는 것.

한나: 응, 그렇구나.

연하: 하긴, 개가 구박당하는 걸 보고 있어도 불쌍하게 느껴지지. 사람은 아니지만 같은 생명체로서 불쌍하게 느껴지지.

민아: 동질성이 느껴지는 것이군.

나리: 응, 그래.

낯모르는 사람이지만 동정심을 느끼게 된다고 하였다. 자기도 한때는 그런 고통과 슬픔을 겪어 본 적이 있기 때문이라고 했다. 연하는 개가 구박당하는 것을 보고 같은 생명체로서 불쌍함을 느꼈다고 했다.

이렇게 모르는 사람에 대해서 선사와 동정심이 드러나는 경우에 대해서 나리가 늘어놓았다. 모르는 사람을 가정하여 친분으로부터 거리가 멀어질 때 선사가 더 잘 드러날 수 있다고 했다. 그러나 미흡한 점은 여기서 그치지 않았다. 나리가 추가로 이렇게 말했다.

나리: 그런데 사람을 보는 기준은 저마다 달라. 유명인 한 명을 놓고도 이 사람들은 좋아하는 반면, 저 사람들은 싫어하지. 보는 관점

손님 2호

이 다른 거야.

민아: 관점이 다르다고? 음, 그럴 수 있겠지. 그럴 수도 있을 거야. 선물을 한 번 받아 봤다면, 그 사람에게 쏠리겠지만….

한나: 보는 관점이 다르다니. 하긴, 사람이란 게 복잡해서 보는 사람들이 다 의견이 다르겠지.

유명인 한 명을 놓고도 보는 관점이 다르다고 했다. 좋아할 수도 있고, 싫어할 수도 있다고 했다. 나리가 계속 말했다.

나리: 그래서 선심이 어디를 향하는가 하는 것은 매우 중요한 문제야. 으음…, 어떤 나쁜 사람이 잔인무도한 범죄를 저질렀다는 소식이 가끔 뉴스에서 흘러나오지. 그걸 보며 그 사람이 잘되길 바랄까?

'범죄를 저지른 사람이 잘되기를 바라는 사람이 있을까' 하고 물었다.

연하: 음, 그렇진 않겠지. 악인이 잘되길 바라진 않아.

민아: 악인이 잘되길 바라진 않아. 대개 그렇겠지.

나리: 응, 그렇겠지. 악인이 잘되길 바라지는 않아. 보통 사람들이

그렇지. 보통 사람들이 악인을 싫어하지. 악인은 기피 대상이야. 으음…, 하지만 잔인함을 뽐내는 사람들을 좋아하는 사람들도 있어.

민아: 뭐? 잔인함을 뽐내는 사람들을 좋아해?

연하: 잔인한 사람을 좋아해? 그건 어떤 경우야?

잔인함을 뽐내는 사람들을 좋아하는 사람도 있다고 했다. 민아와 연하는 살짝 놀랐다. 잔인함이란 말에서부터 놀랐다. 이제껏 사람에 대한 구분이 그다지 없는 와중에, 잔인한 사람이라는 구분은 자칫 생소한 개념처럼 다가오는 것 같았기 때문이었다. 잔인한 사람은 불쌍한 사림에서 멀어져 있는 것처럼 보인다. 잔인한 사람은 타인들을 단지 불행하게만 만들고, 자기 위주의 삶을 펼치는 사람들처럼 보인다. 그래서 '잔인함을 가정하면 어떻게 될까' 하고 상당한 의문을 품지 않을 수 없었다.

하지만 한나는 그다지 놀라울 것도 없다는 표정이었다. 누구를 좋아하건 싫어하건 자기 마음이라고 생각하였다. 괜히 놀라는 언니들이 우스꽝스러워 보일 뿐이었다. 나리가 계속해서 말했다.

나리: 잔인하게 누군가를 해치는 것을 보고 좋아하는 것이지. 자기는 그렇게 할 수 없지만 그 사람은 그렇게 하는구나, 하면서 좋아하는 거야. 잔인함에 경외심을 느끼는것이지. 전적을 보고 찬란하다고 해. 강도와 도적질, 폭행, 협박, 납치 등 잔인하고 매정한 사람들

이 저지른 일들이 놀랍다고 하지. 보통 사람들은 하지 못하는 일들을 그들이 펼치기에 경외감을 느끼는 거야.

　　민아: 아, 그런 경우도 있군, 정말….

　　한나: 잔인함을 우러러보는 경우구나. 놀라워….

　　연하: 그런 경우도 있을 것 같아, 정말. 범죄자들을 보면서 따라하고 싶은 사람들이 충분히 있지….

　　민아: 음, 마치 영화에서나 볼 수 있는 경우구나. 무차별 폭력을 행사하는 경우야.

　　나리: 응. 그렇게 사람을 보는 기준은 다른 거야.

　　민아: 음, 다르군….

　　연하: 다르군.

　　잔인무도한 범죄자들을 좋아하고, 그들을 후원하고 싶은 사람들도 충분히 있다고 했다. 그들의 거칠고 흉악한 모습이 그들에겐 매력으로 다가온다고 하였다. 화려한 전적들이 그 능력을 입증한다.
　　그래서 떠받든다고 하였다. 사람들마다 보는 관점이 다른 것이었다. 민아도, 연하도, 한나도 그런 사람들이 충분히 있다고 하였다.

나리: 그뿐만이 아니지. 권력을 등에 업고, 사람들을 수없이 거느린 사람을 좋아하는 사람들도 있어. 정상에 군림하며, 말 한마디로 사람들을 통제하는 사람을 좋아하는 사람들도 충분히 있어.

민아: 권력가를 좋아하는 경우? 그런 경우도 있겠군.

연하: 세력이 넓고, 잡다한 것은 잘 무시하는 사람들. 거침없이 잘 나아가는 사람들…. 그래, 그런 사람들을 좋아하는 사람들도 있지.

나리: 그래, 있지. 그들의 위력에 매료되는 것이지.

민아: 아, 위력에 매료되는 것이군.

권력을 가지고 사람들을 통제하는 사람들을 좋아하는 이들도 있다고 했다. 자신의 뜻을 세상 속에 쉽게 관철시키고 무력으로 누군가를 쉽게 제압하는 그들을 좋아하는 사람들도 있다고 했다. 위력에 매료되는 것이라고 했다.

연하: 위력적인 존재들…. 그래, 그들을 따르고 싶은 사람들도 있을 거야. 그런 사람들은 대개 연약한 인간이란 안중에 없지.

민아: 힘이 없다면 밑에서 시달릴 뿐이지. 약한 위치에 있는 사람은 언제나 높이 올라가는 것을 꿈꾸지.

연하: 그렇겠지. 위력이 최고라는 것은 누구나 알 테니까 말이야.

나리: 응, 그렇지. 항상 위력을 향해 있지. 초라한 인물들을 무시하고 작은 것은 큰 것 아래에서 짓밟힐 뿐이라는것을 당연히 여기는 사람들이지.

민아: 그런 사람들도 있는 것이구나.

연하: 맞아. 분명 그런 사람들도 있어.

나리: 그런 사람들을 후원하는 사람들도 있어. 약자이면서도 그들을 떠받드는 거야. 우러러보지.

위력의 존재들이 정상에 올라서는 것을 당연한 것으로 여기는 사람들도 있다고 했다. 위력의 존재들을 떠받드는 인물들은 연약해 보이는 것들은 낮은 위치에 머물러 있어야 한다고 생각한다고 하였다. 그 말을 다 들은 민아가 이렇게 말했다.

민아: 그렇다면 그 경우에도 이기성은 없는 것 아닌가? 그 사람이 잘되기를 바라는 것이니까.

연하: 그 경우에도 이기성은 없는 것인가?

나리: 그래, 이기성은 없는 거야. 그 사람이 잘되기를 바라는 것이

니까.

그 경우에도 이기성은 없는 경우라 하였다.
그 사람이 잘되기를 바라는 경우라 하였다.

민아: 뭐? 이기성은 없는 것인가? 그렇다면 어떻게 되는 것이지? 무모한 권력, 잔인성을 위해서도 이기성은 없어질 수 있는 것인가?

연하: 그런 거야?

한나: 그런 건가?

나리: 그래, 그럴 수 있는 거야.

잔인성과 무모한 권력을 위해서도 이기성은 없어질 수 있는 것이라 하였다. 위력적인 그들을 후원하고 싶으며 따르고 싶고, 성장하는 것을 바라는 그들이었다. 그들이 정상에 군림하는 것을 당연히 여기는 사람들이었다. 위력적인 존재들 앞에 자신은 겸손한 사람이 되는 것이었다.

민아 : 그럼 어떻게 되지? 그런 사람들에 대해서도 이기성이 없다고 한다면 어떻게 되는 것이지?

연하: 정말 어떻게 되는 것이지?

민아: 이기성이 없다는 것만으로는 아무것도 아니잖아?

연하: 아무것도 아니야!

한나: 아무것도 아닌 것인가? 아무것도 아니라니. 그동안 논의해온 것들은 다 어떻게 되지?

민아: 정말 그래…. 다 소용없게 된 것인가?

한나: 소용없게 된 거야?

이기성이 없다는 것만으로는 아무것도 아니라고 했다.

이기성이 없는 모습만이 좋은 것인 줄 알았으나, 이기성은 잔인성을 위해서도 없어질 수 있는 것이었다. 권력가들과 무자비한 인물들을 위해서도 이기성은 없어질 수 있는 것이었다.

그들이 세상 속에 군림하는 것을 당연하게 여기며, 힘이 넘치는 사회가 당연하다고 여기는 후원자들과 추종자들이 있는 것이었다.

민아와 연하는 놀라움을 표시하였다.

민아: 이제 어떻게 되는 것이지? 교환에서도 이기성을 줄여 선사가 된다고 하였고, 선사에서도 이기성을 줄여 보답도 바라지 않는 상태가 된다고 하였고, 마침내 선도 따라가지 않는 선사가 있다고 했는데, 여기 와서 이기성이 없는 것만으론 아무것도 아니라니. 이 결론은 도대체 무엇을 의미하고 있지?

연하: 아, 정말 그래…. 진정한 선사까지 온 줄 알았는데, 이게 뭐야?

한나: 왜 이렇게 되었지?

나리: 이렇게 되고 말았어. 아쉬운 결론이지….

그동안 논의해 온 것이 소용없어졌음에 탄식하며 그녀들은 서로를 물끄러미 쳐다보았다. 잔인성과 무모한 권력을 위해 이기성이 없어진다는 것은, 마치 강탈을 행하던 사람도 불쌍하니 도우라는 뜻이나 마찬가지인 듯이 보였다. 이기성이 그렇게 없어지면 무슨 의미가 있을까 빈문하지 않을 수 없었다. 잔인성을 후원하고 무자비함을 방치한다는 꼴밖에 되지 않는 것이었다.

나리는 자신의 계획대로 이 선한 선사라는 것이 무너진 것에 내심 뿌듯했다. 민아와 연하가 잘 수긍하는 듯 알맞은 전개였다고 생각했다.

한나는, 이기성이 없으면 없는 것이지 무슨 큰일이라도 되는 양 떠들어 대는 언니들이 납득이 가지 않았다. 뾰로통한 표정으로 과자를 씹어 대고 있었다. 부스러기들이 입밖으로 흘러나와 흉측한 모양이 되고 있었다….

……

민아와 연하는 멍한 표정으로 화면에 얼룩말들이 뛰어가는 장면을 보게 되었다. 사자를 보고 얼룩말들이 재밌다는 듯이 지나가고 있었다. 웃음을 머금은 것 같았다. 동료 중 한 마리가 잡아먹히고 있었다. 그래도 얼룩말은 신이 난 듯이 날뛰었다.

그다음 장면은 가젤이 새끼를 낳는 장면이었다.

가젤 한 마리가 새끼를 낳고 기뻐했다. 하지만 맹수가 다가오더니 덥석 물어 가 버렸다. 어미 가젤은 당혹스러운 표정으로 그 장면을 바라보았다. 그러나 곧 신난다는 듯이 무리로 합류했다. 동물들의 세계에서도 납득이 가지 않는 일들이 펼쳐지고 있었다….

두 가지 부류

　　　　　　　　창문에서 옅은 바람이 불어오고 있었다….

그 자리에 앉을 때부터 불이오던 바람이었다. 연히기 창문을 조금
더 열어 놓고 왔다. 그러자 바람은 더 세게 불어왔다.

　……

시원한 바람을 맞게 되면서 기분도 새로워지는 듯했다.

민아는 옷깃을 여미고 머리카락을 쓸어내렸다. 파란색 남방이 그
녀와 잘 어울렸다. 연하는 꽃무늬 상의를 입고 있었다. 세련되고 우
아한 그녀의 인상과 잘 어울리고 있었다….

4월의 날씨는, 이 대화에 딱 맞았다.

나리가 그동안 무너진 것을 복구하기 위해 입을 열었다.

나리: 음…, 우리는 그동안 이기성을 줄이는 것만을 말해 왔는데
이제 와서 보니 이기성을 줄이는 것만이 다는 아닌 거야. 그것만이

다는 아닌 거야. 왜냐하면 자기 몫을 챙기지 않는다 해도 자기가 원하는 대로 외부의 세상이 돌아가기를 바라는 마음은 가지고 있는 것이거든? 그래서 손실을 감수해서라도 베풀려고 하지. 마음에 드는 세력을 후원하고 응원하게 되는 거야.

민아: 아, 자기가 원하는 대로 세상이 돌아가기를 바라는 것이군.

연하: 아, 자기가 원하는 세상을 만들고 싶은 것이군.

나리: 응, 그렇지. 자기가 원하는 세상. 자기 소유물은 아니지만 마음에 들게 하고 싶은 거야. 그 희망이 실현되면 뿌듯해지는 것이지.

연하: 아, 맞아. 그런 것 같아. 자기가 원하는 세상을 만들고 싶은 거야.

한나: 자기가 원하는 세상? 그렇구나.

연하: 정말 그럴 것 같아. 그동안 이기성을 줄이는 것만을 말해 왔었는데 실수였어.

나리: 그래, 실수였었어. 그런 실수를 해 왔어.

한나: 아, 그렇군….

자기가 원하는 세상을 만들고 싶은 것이라고 했다. 누군가를 후원한다는 것은 자신의 뜻을 어느 타인이나 집단에 대해 실현하는 것이라고 볼 수 있었다. 그런 활동들이 이기성이 없이 행해지고 있는 것이었다. 그것을 두고 선심을 베푸는 것이라 말하고 있었다. 나리가 그렇게 정리했다. 연하와 민아도 수긍했다.

나리의 설명은 적절하다고 생각했다. 이기성을 줄이는 까닭은 자기가 원하는 세상을 만들고 싶기 때문이다.

한나는 골똘히 생각하고 있었다….

자기가 원하는 세상이라기보단, 단지 누군가를 돕고 싶은 것이다. 그 대상이 잔인무도한 사람이 될 수도 있다는데 회의가 든 것이라고 생각했다. 이리한 자신의 의견을 보태고 싶었지만 나리의 의견을 더 들어 보기로 했다. 이어서 나리가 이렇게 말했다.

나리: 저 동물 영상물을 보면서도 두 편으로 나뉘지. 육식 동물을 좋아하는 이들은 육식 동물들이 빨리 사냥을 해서 먹이를 섭취하길 바라지. 그리고 사냥하는 모습에 감탄해. 반면 초식 동물을 좋아하는 이들은 초식 동물들이 잡아먹히지 않고 잘 도망가기를 바라지. 그들이 잘 도망갈 때 안도의 한숨을 내쉬는 거야. 용맹함, 강인함을 좋아하는 이들은 육식 동물들을 좋아하는 것이고, 친근감이 들고 온순하고, 다정한 모습을 좋아하는 이들은 초식 동물들을 좋아하는 것이지. 동물들에 대해서도 그렇게 두 편으로 나뉘는 거야.

동물들에 대해서도 두 부류로 나뉘어진다고 했다. 용맹함, 강인함을 좋아하는 이들은 육식 동물을 좋아할 것이고, 친근감과 온순함을 좋아하는 이들은 초식 동물을 좋아할 것이라고 했다. 자기가 마음에 들어 하는 존재가 행복해지기를 바라는 마음을 가지고 있는 것이었다.

민아: 아, 그렇군. 용맹함, 강인함. 친근감, 온순함…. 그렇게 나뉘는군.

한나: 그렇게 두 부류가 있는 것이군.

연하: 음…, 그렇군.

나리: 응, 그래.

민아와 연하, 한나도 이해된다는 듯이 고개를 끄덕였다. 두 부류로 나뉠 것 같았다. 이어서 그 두 가지 구분에 대한 질문이 있었다.

민아: 그럼 우리들은 친근감과 온순함을 좋아하는 부류 아냐? 그동안 그들을 후원해야 한다고 말해 오고 있었던 것 아냐?

나리: 그래, 그렇지.

연하: 그래, 맞아. 우리들은 그들을 후원해 오고 있었어. 그들을 보호하고 지원해야 한다고 말해 오고 있었어.

두 가지 부류

나리: 그래, 그렇게 말해 오고 있었어.

한나: 아, 그렇구나.

그녀들은 친근감과 온순함을 좋아하는 부류라고 했다. 그래서 그동안 그들에 대해 친근한 반응을 보여 왔다. 그들의 편에서, 그들의 입장을 얘기하고 있었다. 용맹스럽고 과격한 유형의 사람들과는 반대였다.

하지만 한나는 아닌 것 같았다. 자신은 용맹함이나 강인함 쪽에 더 가까운것 같았다. 평소에 연약하게 보이는 것들은 하찮은 것이라고 생각하여 잘 괴롭히기 일쑤였기 때문이었다.

옆집 아이를 발로 차거나, 노인들을 일부러 넘어뜨린 일들이 있었다. 그런 일이 있을 때면 자책감을 느끼는 척 고개를 숙이며 고의가 아니었다고 변명하기도 했다. 어린 시절을 거칠게 만드는 요인이었다.

이야기가 계속 이어졌다.

민아: 서로 관점이 달라서 그렇게 편이 나뉜 것이군. 서로 자기편을 챙기고 있는 것이었어.

연하: 그래, 그런 것이었어. 서로 자기편이 행복해지기를 바라는 마음을 가지고 있는 거야.

한나: 자기편이 항상 행복해지기를 바라겠지.

나리: 자기편…. 그래, 자기편이라고 생각되는 사람들. 그런 사람들이 잘되길 바라는 것이었어.

자기편이 행복해지기를 바라는 마음이라고 하였다.
그런 마음은 이기성이 없는 마음인 것 같았다.

민아: 그럼 자기편이란 어떤 사람들이지? 서로 다를 것 아냐? 몇 부류로 나뉘지?

민아가 자기편이 몇 부류로 나뉘는가 물었다. 막연히 언급된 자기편이란 것이 어떤 사람인지에 대한 질문이었다. 나리가 대답했다.

나리: 으음…, 자기편은 자기가 좋아하는 사람들이겠지. 친분이 있다면, 자기 가족, 자기 친구, 또 인연이 닿은 사람들일 것이고 모르는 사람이라면 자기 관점에서 마음에 드는 사람이겠지.

민아: 그래, 그렇겠지. 자기편이라 할 수 있는 사람들. 자기와 연관된 사람들인 거야. 눈길이 가게 되고, 먼저 생각하는 사람들일 거야.

한나: 그렇군. 그런 사람들이 잘 되길 바라는 것이군. 자기편을 키우는 것이고, 그래서 그에 대해선 이기성이 없는 것이군.

나리: 응, 그렇지. 자기편이란 더 넓게는 자기가 사는 지역, 자기 국가도 될 수 있겠지.

연하: 더 넓게는 자기 종교, 자기 민족이 될 수도 있겠지.

나리: 그래, 자기편으로 인해 행복한 거야.

자기편은 자신이 호감을 가진 사람들이라 하였다. 자기편이라고 생각되는 부류에 대해서는 거리가 멀다 하더라도 후원하고픈 마음이 생기는 것이라고 하였다.
자기 민족, 자기 국가, 자기 종교…. 자신과 연관된 세력과 동조하는 세력이 자라나길 마음속으로 바라는 것이었다.

민아: 그렇다면 어떻게 되는 것이지? 우리와는 반대쪽인 용맹함, 강인함을 좋아하며 그에 대해서 이기성이 없다는 것은 좋은 것인가? 아니면 나쁜 것인가?

'반대쪽의 유형들이 나쁜 유형인가' 하고 물었다.

한나: 나쁜 것 아닌가? 잔인함을 후원한다는 뜻이잖아?

나리: 음… 지금까지 우리들은 나쁘다고 해 왔었어. 우리들의 눈에는 그들이 나쁘게 보였었어. 하지만 그들은 우리를 나쁜 존재들로 볼 거야. 연약한 것들은 나쁜 것이라고 배척할 거야.

민아: 우리들에 대해선 이기적이란 뜻이군?

나리: 그래, 그렇지.

지금껏 과격한 부류를 나쁜 존재들이라고 해 왔다. 하지만 그들은 반대로 연약한 것들을 나쁘게 볼 것이라고 했다. 그래서 그들은 그녀들을 이기적으로 대하는 것이나 마찬가지라고 했다.

민아: 반대로 우리들은 그들에 대해서 이기적이군. 우리는 그동안 이렇게 말해 오고 있었어. '잔인한 것들은 다 사라져야 해. 과격하고 잔인한 것들은 다 사라져야 해.' 이렇게 말해 오고 있었어.

나리: 그래, 그렇게 말해 오고 있었어. 서로 배척하고 있는 거야.

연하: 서로 배척하고 있는 것이었군.

나리: 그래. 서로 배척하고 있는 거야.

용맹함과 강인함을 좋아하는 이들은 연약한 것을 배척한다고 했고 친근감, 온순함을 좋아하는 이들은 과격한 것들을 배척한다고 하였다. 서로 대립하고 있었다. 서로가 서로에 대해 적이었다.

민아: 서로 관점이 다르기 때문에 선심이 향하는 방향도 다른 것이군. 마음에 들지 않는 쪽은 배척하고, 마음에 드는 쪽은 후원하게

되는 거야.

　나리: 그래, 그런 거야.

　민아: 그럼 어떻게 되지? 그들은 우리들을 나쁘게 보고, 우리들은 그들을 나쁘게 보다니. 어떻게 되는 것이지? 연약함이 나쁠 수도 있는 것인가? 아니면 강인함이 좋을 수도 있는 것인가?

　민아가 그런 질문을 던졌다. 서로 나쁘게 본다고 한 이상, 누가 옳은지 가려내어야 할 것 같았다. 그래서 던진 질문이었다.

　연하: 연약함이 나쁠 수도 있나?

　한나: 강인함이 좋을 수도 있나?

　민아: 정말 어떻게 되는 것이지?

　서로 '어떻게 되는 것이지'라고 물었다. 연약함이 나쁘다거나 강인함이 좋다라거나, 또는 선이나 악이라는것에 대해서, 다시 논의해야 하는지도 모르는 일 같았다. 무작정 자신들이 옳다고 할 수는 없을지 모르며, 이 논의에도 오류가 있는지 살펴보아야 할 것 같았다. 이미 잔인함을 후원하는 사람들을 나쁜 사람들이라 해 왔었다. 이기성이 그에 대해 없어지는 것은 아무것도 아니라고 해 왔었다. 나리가 이렇게 말했다.

나리: 우리는 그동안 잔인함을 위해 선심을 베풀면 그게 무슨 의미 있을까 해 왔었어.

민아: 그래, 그래 왔었지. 의미 없다고 해 왔었어.

한나: 잔인한 것들은 다 사라져야 한다고 해 왔었어.

연하: 그래, 그래 왔었지.

나리: 하지만 이제 와서 보면 상대편에게도 장점이 있을지 모르므로 생각해 줘야 하는 것인지도 모르지.

연하: 뭐? 장점이 있다고? 비난만 해 왔었지만 장점이 있다고?

나리가 상대편에게도 장점이 있을지 모른다고 했다. 잔인함이란 단점에서 너무 많이 깎아내렸는지도 모른다. 무턱대고 나쁜 것이라고 해 왔는지도 모른다. 장점을 들추어내어야 하는지도 모른다. 나리는 장점에 대해 이렇게 말을 이어 갔다.

나리: 용맹함과 강인함이므로 당연히 장점이 있는 거야.

연하: 당연히 있다고? 장점이 뭐지?

민아: 장점을 어떤 것으로 가지고 있지?

한나: 장점이라니. 장점이 무엇일 수 있지?

장점이 무엇이냐고 그녀들이 재촉하며 물었다. 비난만 하다가 장점을 거론해야 한다는 것이, 이 논의에서 일종의 비약처럼 보였다. 눈을 동그랗게 뜨고 나리의 말에 귀를 기울였다.

나리: 장점…. 으음, 장점을 분명히 가지고 있지. 용맹함, 강인함이므로 그 나름대로의 장점이 있는 거야. 으음…. 아무래도 용맹함, 강인함이므로 그들은 위기가 닥쳤을 때 다르지 않겠어? 위기 때 말이야. 그들은 용맹함, 강인함이란 장점을 발휘할지도 모르지.

민아: 위기? 위기를 맞이하여 그들은 달라지는 건가?

연하: 위기? 위기라 하면….

장점은 위기를 맞이했을 때 나타난다고 하였다. 어려운 상황에서 용맹함, 강인함이란 장점을 드러낸다는 뜻이었다. 그녀들은, 다 그 의견이 구체적으로 무엇을 뜻하는지 물었다. 한나는 자기의 장점이 말해지는 것 같아 내심 기분 좋았다.
그래서 귀를 쫑긋 세웠다. 나리가 계속 말했다.

나리 : 위기는 혼란스러움과 공포스러움을 몰고 다가오지. 하지만 그들은 허둥대지 않을 거야. 급하게 서두르다가 일을 망치지도 않을 거야. 으음…, 두려워하지 않기 때문이야. 대개 자기 혼자서 해결해

보려고 할 거고, 남에게 쉽게 도움을 구하지도 않을 거야. 독단성이 강하게 나타나는 것이지.

민아: 아…, 위기에 대해 의연히 대처하는군. 혼자서 슬기롭게 헤쳐 나가려 하고, 허둥지둥대지도 않는군?

연하: 강인함, 용맹함을 내세운다면 그렇겠군.

한나: 강인함. 그렇겠군, 정말…. 위기에 강할 것 같아.

나리: 응, 그렇지.

용기 있는 자들은 위기를 의연히 대처한다고 하였다. 용기를 내세우는 그들이므로 연약한 모습을 보이려고 하지 않는다. 대개 혼자 힘으로 해결하려고 하며, 누군가에게 쉽게 기대지 않는다고 하였다. 장점이 분명한 것 같았다.

나리: 반면 연약한 자들은 어떨까? 위기에 대해 어떻게 대처할까?

'연약한 자들은 어떻게 할까'라고 물었다. 서로 대비되는 면이 어떠한지 분명 살펴보아야 할 것 같았다.

민아: 연약한 자들은 일단 긴장하겠지. 그리고 뒤로 숨으려고 하겠지. 허둥지둥하기도 하겠지.

연하: 맞아, 그럴 것 같아. 허둥지둥하겠지. 차분히 대처하면 되는 일인데도 괜히 조급해하겠지.

나리: 그래, 그럴 거야. 그런 경우가 많은 거야. 연약한 자들에겐 말이야. 허술하고 아쉬운 경우들이 많이 발생해. 손을 쓸 수 있는 일인데도 불구하고, 두려워하며 뒤로 물러서면서 더 큰 피해를 입게 되는 경우가 많은 거야. 그리고 다른 사람의 도움을 쉽게 구하게 될 거야. 스스로 해결하는 모습은 잘 나타나지 않지. 연약하니까 말이야.

민아: 연약해서 그럴 수밖에 없지.

한나: 주저앉고 마는군. 으음….

연약한 자들은 다른 사람들의 도움을 쉽게 구한다고 하였다. 허둥지둥하다가 손을 쓸 수 있는 일들도 망친다고 하였다.

한나는 그 애길 들으니 정말 그럴 것 같았다. 연약한 자들이 허둥지둥 도망가는 꼴이란 항상 멍청함에서 비롯된다고 그녀는 생각했다.

그녀는 그런 꼴을 볼 때면 언제나 조롱하며 비웃는다.

나리가 계속해서 이렇게 말했다.

나리: 더구나 집단과 관계된 일이라면 더 비교가 될 거야. 용맹한 자들은 집단과 관계된 일이라면, 단합을 이루려고 할 거야. 단합을

이루어 공동의 문제를 같이 풀어 나가자고 하게 될 거야.

민아: 단합? 단합이 나타나는 건가?

연하: 단합이라면….

집단과 관계된 일에서는 단결력이 나타난다고 하였다.
용맹한 자들은 단결한다고 했다.

나리: 하나로 뭉치는 것이지. 선두에도 용기 있는 자들이 나서서 문제를 해결하려고 할 거야. 고난이 클수록 뒤로 물러나는 게 보통이지만, 용기 있고 선도력 있고 강한 자들은 앞장서서 모두를 이끌려고 하는 거야. 다른 사람이 알아서 하겠지라고 하지 않아. 자기가 주체성을 가지고 있지. 그래서 먼저 나서게 되지.

민아: 협동심을 발휘하는 것이군?

한나: 하나로 뭉치는 건가?

연하: 아, 단결력…. 그렇겠군. 단합을 이루어 위기를 극복하자고 하겠군.

민아: 주도자가 일단 나타나는 것이군. 공동체에선 반가운 일이야.

용맹하고 강인한 자들은 단합을 이루어 공동의 문제에 대처한다고 했다. 집단의 일들에 대해서도 주눅 들지 않고 선도력을 발휘한다고 하였다. 뒤로 물러서는 게 보통이지만, 용기 있고 선도력 있으므로 앞장서거나, 다른 이들과 협조하려 한다고 하였다. 주도자도 그들 중에 나타나서 모두를 지휘한다고 하였다.

　나리: 그런 반면 연약한 자들은 그렇지 못할지도 몰라. 위기가 고조될수록, 자기만 도망가려고 할지도 몰라.

　연하: 자기만 도망간다고? 정말 그럴지도 모르겠군. 연약한 사람들은 쉽게 도망가지. 줄행랑을 치지.

　한나: 줄행랑을 치는구나!

　민아: 그럼 단합도 못 하고 각자가 다 도망가면서 집단은 망하는 쪽으로 기울게 되는 것이군. 연약하고 초라하고 아쉬운 모습이야.

　나리: 응, 약한 힘은 분산되어 버리는 거야. 단합하여 강적을 물리칠 수 있는데도 자기만 도망가려고 하기 때문에 힘이 줄어들어 버리는 거야. 힘은 원래보다 더욱더 줄어들지. 초식 동물들에서도 보았었잖아? 사자 한 마리만 끼어들어도 무리는 해산되어 버리는 꼴을 말이야.

　민아: 아…, 각자 자기만 살려고 하기 때문에 쉽게 해산되어 버리

는군.

나리: 그래, 그렇지.

약한 자들은 단합을 하지 못한다고 하였다. 자기만 먼저 살려고 하기 때문에 쉽게 분산되어 버린다고 하였다. 초식 동물들이 그 예라고 하였다.

나리: 선두에서도 지휘할 사람이 없는 거야. 그래서 해산밖에 안 되는 거야.

한나: 선두에서 지휘할 사람이 없으면 망할 뿐이지.

민아: 선두에서 모두를 이끌고 나아가야 하는데, 그런 자가 나타나지 않다니. 조직은 금방 주저앉아 버리겠군….

연하: 아, 강자들은 단합하는데 약자들은 해산하는군….

나리: 응, 그렇지.

한나: 꼴불견이야.

약자들과 강자들은 그렇게 서로 비교가 되어 보였다. 약자들은 서로 잘 지내다가도 위기를 맞이하여 나 몰라라 하는 것이었다. 공동체에 대한 무관심으로 인해, 리더로 나서는 자도 없다고 하였다. 온순함과 친근감은 가지고 있지만, 책임감이나 의무감이 결여되어 있었다.

상황이 악화될수록 자기의 안정을 우선시하는 것이었다.

민아: 그럼 어떻게 되지? 반대편의 장점이 그렇게 있다면 어떻게 되는 것이지? 그리고 우리 쪽의 단점도 발견되었다면 이제 어떻게 되는 것이지? 우리가 막연히 옳은 부류만도 아니잖아?

민아가 '어떻게 되는 것이지' 하며 물었다. 장점과 단점이 발견되었다.

자기들 쪽이 옳은 부류만도 아니라고 했다.

나리: 음…, 옳은 부류만도 아니야. 그렇게 어느 쪽이든 장점과 단점을 다 가지고 있는 거야. 서로 배척한다고 할 때 상대편의 장점은 무시하고 배척하는 것이라고 볼 수 있지. 약점만 꼬집는 거야. 약점만 들추어내는 것이지.

민아: 그런 것 같아. 서로 장점을 무시하고 있었어. 우리가 그들을 두고 '다 사라져야 해'라고 할 때 그들의 용기와 선도력을 무시하고 있었어.

나리: 그래, 그런 거야. 우린 그들에 대하여, 그들은 우리들에 대하여 좋은 점을 무시하고 있었어.

연하: 그렇구나…. 무시하고 있었던 것이구나. 무시하면서 나쁘게 보았던 것이구나.

서로 상대를 무시하고 있었다고 했다. 그동안 상대편의 장점을 발굴하려고 애쓰지 않았었다. 단점만 보며 나쁜 것이라고만 해오고 있었다. 장점이 그렇게 발견되고 나니, 약자는 무작정 옳은 부류만도 아니었다. 약자에 대한 의견을 수정하지 않을 수 없었다.

한나: 그렇게 보니, 약자는 정말 조그마하고 우스운 것 같아. 마치 아까 말한 초식 동물들 같아. 사자 한 마리만 끼어들어도 해산되어 버리는 초식 동물들 같아.

한나가 그렇게 말했다. 그 말이 마치 연하에게는 자신을 탓하는 말처럼 들렸다. 창피해서 어디든 숨고 싶었지만 아무렇지도 않은 척 화면을 바라보았다. 약자란, 그렇게 섣불리 내뱉은 한나의 말처럼 조그마하고 우스운 것으로 보여지고 있었다. 위기가 닥치면 도망가 버리고, 집단의 운명에 관심이 없는 태도를 거론하며 친근감과 온순함은 장점으로 추켜세울 수도 없을 것 같았다.

한나는 강자의 장점이 부각된 것에 기분 좋았다. 그동안 무시당한 것에 대한 보상이라도 받는 듯 강자가 부각되었다. 강자는 단합하여 적들을 물리치는 용맹한 자들이며, 약자는 두려워하며 동료들 뒤로 숨는 비겁자들일 뿐이다. 그녀는 지난날, 자기가 끼어든 여러 일들에서 민망하고 수척해진 경우가 많았지만, 이젠 만회할 수 있게 된 것 같았다. 자기가 나설 때마다 '넌 언제나 도움이 안 돼'라는 말을 들으며 뒤로 물러섰고 얼굴이 빨개졌었다. 하지만 이제 용기를 발휘하는 자신을 대견하게 여길 수 있게 된 것 같았다. 앞으로 성장함에 있어 자신은 결코 무시할 수 없는 인물이라는 것을 더욱더 보여 주고 싶었다.

논의는 그렇게 양측 다 장점과 단점이 있다고 해 나아가고 있었다.

그래서 나쁜 쪽, 좋은 쪽의 구분은 하기 어렵게 되었다….

자기편의 한계

그러나 민아는 이 견해들에 반대하지 않을 수 없었다.

그녀는 줄곧 같이 의견을 내놓으며, 논의를 이끌어 오고 있었지만 다시 생각할수록 이 논의에는 오류가 있는 듯이 보였다.

장점으로 거론된, 위기 상황에서의 대처라는 것이 그들의 장점이라고 하기엔 일반적이지 않아 보였다. 위기가 아니라 해도 싸움하기를 좋아하는 사람들은 무엇에든 덤벼드는 습성을 가지고 있다. 그런 습성으로 인해, 싸움의 요소들만 눈에 띈다. 또, 단결이란 대개 잘 싸워 보자는 의미인지도 모른다. 피할 수 있는 것을 피하지 못하고, 언제나 맞서 싸우려고 하는 성질을 나타내는 것인지도 모른다. 그들은 또 담력이 클 것이다. 그로 인해, 위기가 뭔지 모르는 사람들도 다수일 것이다.

그런 생각하에 민아는 이 의견들에 반대하는 입장을 나타내며 반대표를 던지지 않을 수 없다고 생각하게 되었다.

허술하게 존재하는 의견들로 인간의 본질이 무너지게 하고 싶지 않았다. 강인함과 용맹함이 더 이상 부각되게 하고 싶지 않았다. 더구나 한나가 우쭐대고 있는 꼴을 보니 더더욱 그랬다. 한나는 자신의 행적을 들키지 않았다고 생각하며 좋아하고 있었지만 민아는 이미 알고 있었다. 민아는 애초에 한나의 여러 사건들을 잘 알고 있었다.

개가 동네에서 터져 죽은 사건도 그녀의 소행이었고, 산에 불이 났을 때 쓰레기를 옮겨 태운 것도 그녀의 소행이었다. 동네의 수도관이 파열된 것도 그녀의 소행이었고, 공원의 입구에 거짓 안내판을 설치하여 사람들을 당황시킨 것도 그녀의 소행이었다. 그것을 다시 생각하니 화가 치밀어 오르지 않을 수 없었다.

그녀들이 보고 있는 화면에는 물소 떼들 사이로 침투한 여러 마리의 사자들이 보여졌다. 한 마리의 물소가 잡히었고, 이내 먹이가 되려 하고 있었다. 그러나 도망가던 다른 물소 떼들이 그를 구하기 위해 다시 몰려들었다. 당황한 사자들은 싸우지도 못하고 허둥지둥하다가 도망가 버렸다.

그 장면이 마쳐지자, 민아는 다음과 같은 의견을 내놓았다.

민아: 아, 정말 양측 다 장점과 단점이 있는 것이군. 그래, 그렇군. 음…, 하지만 이상해. 장점이 있고 단점이 있다고 해서 같은 건가? 그들도 그렇고, 우리도 그렇다니. 그게 무슨 뜻이지? 그래도 우리가

더 옳은 부류 아니겠어? 우리가 그들보다 차라리 낫다고 할 수 있지 않겠어?

연하: 뭐? 우리가 더 옳은 부류라고?

나리: 차라리 낫다고?

한나: 뭐가 낫다는 거야?

자신들이 더 낫다고 하였다. 장점과 단점이 다 같은 것이 아니라고 했다.

민아: 응, 그렇지 않아? 그러니까 우리가 더 낫다고 할 수 있는 거야. 음…, 왜냐하면 말이야…, 결국 강인함을 좋아한다면 위력을 따라간다는 뜻 아냐? 위력을 따라가고 우러러본다는 뜻이지. 그렇다면 그 안중에 인간은 없을 거야. 인간을 기피하면서 장점을 드러내고 있는 것이지. 그게 무슨 의미가 있겠어? 안 그래?

연하: 인간은 없을 거라고?

나리: 위력을 따라가기에 매우 나쁘다는 뜻인가?

한나: 위력 때문에 모가 나 보인다는 건가?

위력을 따라간다면 그 안중에 인간은 없을 거라고 했다. 쉽게 인간이 무시되고 방치될 것이란 뜻이었다. 그래서 민아는 자신들 쪽이 더 옳은 부류라고 하였다.

민아: 응, 그렇지. 매우 나쁘다는 뜻이지.

연하: 우리는 그들보다 나은 것인가? 인간 존중이란 개념으로 따진다면? 음…, 하지만 관점이 다르다고 했었잖아? 관점이 말이야.

연하가 관점이 다르다고 했다. 서로 관점이 다르기에 차이가 생길 뿐이라는 뜻이었다. 그에 대해 민아가 이렇게 대답했다.

민아: 관점이 다르다고? 관점이 다르다는 것은 의미가 없어. 옳고 그름을 판별해야 하지 않겠어? 관점이 다르다고 한다면 개성이니까 존중해 줘야 된다는 뜻밖에 안 되잖아? 그게 무슨 소용이 있어?

연하: 그럼 객관적으로 옳은 부류가 있다는 뜻인가?

민아: 응, 있지. 객관적으로 옳은 부류가 있는 거야.

한나: 객관적으로 옳은 부류? 아, 그게 뭐지?

객관적으로 옳은 부류가 있다고 했다. 모든 이의 생각을 존중해 줘야 한다면 뭐가 튀어나와도 상관없다는 뜻이 된다. 그러므로 판별해야 한다고 했다.

민아는 그렇게 주장하였다. 나리는 입을 열지 않고 듣기만 하고 있었다. 민아는 계속해서 그에 대해 말했다.

민아: 객관적으로 옳은 부류란 무엇이겠어? '인간의 길'을 향하고 있는 부류들이지. 남을 해치는 것이나 잔인해지는 것은 '인간의 길'이 아닐 거야. 왜냐하면 자신도 누군가에게 피해를 입어 본 적이 있다면, 남을 해치는 것은 올바른 방향이 아니라는 것을 알게 되니까 말이야. 그런 개념이 없다면 둔한 사람일 뿐이지. 둔한 사람의 의견은 존중하지 않아도 돼.

연하: 아, 그런가? 인간의 길…. 인간의 길에서 벗어나는군.

민아: 용맹하거나 강인함을 추구하는 사람들은 우리와 동등해질 수 없어. 그 안중에 인간이 없다는 것과 잔인해질 뿐이란 사실만으로 우리와 동등해질 수 없어.

한나: 동등해질 수 없군…. 그럼 우리가 정말 더 옳은 부류인 거야?

어린 한나가 나리를 보며 물었다. 나리는 어떤 말을 할지 궁금했다. 민아가 인간의 길을 따라간다고 주장하고 있었다. 그래서 더 옳은 부류라고 하였다. 나리는 이제 입을 열어야겠다고 생각하였다.

자신이 의견을 내놓음으로써 문제가 풀리는 수순을 밟게 하고 싶었다. 나리는 잠시 머뭇거리더니 결국 이렇게 말했다.

나리: 우리가 더 옳다고? 선을 따라가기에 우리가 더 옳다고? 아…. 하지만 그 두가지 구분하에서 옳은 것이겠지.

민아: 뭐? 그 두 가지 구분?

나리: 응, 그렇지. 그러니까 우리가 옳다 해도, 그 두 가지 구분하에서 옳은 것이겠지. 우리는 동물들을 보고 용맹함, 강인함, 그리고 친근함과 온순함이란 것으로 나누었었지. 그리고 그 구분하에 어느 쪽이 옳은가 그른가를 논의하고 있었어.

민아: 그래, 그랬었지. 그래 왔어. 그 두 가지 구분하에 옳고 그름을 논의하고 있었어. 그럼 그 두 가지 외에 다른 구분이 있다는 얘긴가?

나리: 응, 그렇지. 그 두 가지 외에도 많은 구분이 있지. 더 많은 분별이 있지. 이미 말했듯이 여러 갈래로 인간은 나뉠 거야. 사상과 종교, 직업과 취향, 민족, 국가, 문화, 학벌…. 그외 다양한 요인으로도 인간들은 수없이 나누어질 수 있지. 수없이 나누어지면서 편이 갈라지고, 서로 견해를 달리하게 될 거야.

두 가지 구분하에서 옳고 그름을 따지고 있었다. 그래서 나리가 그 외에도 많은 분별이 있으므로 망각해선 안 된다고 하였다. 인간은 여러 갈래로 나뉘면서 견해를 달리한다고 하였다.

연하: 아, 그래. 정말 그럴 수 있겠군. 우린 기껏 동물들을 보고 두 부류로 나누었었지. 그 구분이 다인 줄 알았지.

민아: 정말 그렇군. 그 구분이 다인 줄 알았지. 그런 실수를 했군. 그럼 어떻게 되지? 그런 많은 경우에 대해서 어느 쪽이 옳은가 그른가를 논의할 수 있을까?

나리: 음…, 논의하기 어려울 거야. 어느 쪽이 정당한지 알아내기 어려울 거야.

민아: 알아내기 어렵군.

연하: 알아내기 어려워? 그럼 어떻게 되지?

나리: 서로 옳다고 주장할 뿐이겠지.

연하: 서로 옳다고 주장하는군. 그럼 다툴 뿐이겠네.

나리: 응, 다툴 뿐이겠지.

많은 분별이 있다면 옳다고 주장하며 다툴 뿐이라고 하였다. 그런 구분 속에서 서로 옳고 그름을 논의하기 어렵다고 했다.

연하: 그런 많은 경우들에 대해 정말 옳고 그름, 선이란 관점을 적용하기는 어렵겠군. 이제 어떻게 되지? 두 부류로 나누었지만, 그걸로 부족하고 이 부류, 저 부류가 따로 있다고 하니…. 이제 정말 어떻게 되는 것이지?

'이제 어떻게 되지?' 하고 연하가 물었다. 두 부류의 구분이 금방 깨어진 것에 낙심했다.

연하: 자기편이 생기고, 그 후에 자기편이 아닌 쪽과 다투게 된다는 건 어쩔 수 없는 일인가 봐?

나리: 그래…. 어쩔 수 없는 일인 것 같아. 사소한 문제가 아니거든. 과자 한 봉지를 놓고 다투는 게 아냐. 이념의 대립인 거야. 이념을 놓고 서로 대립하고 있는 거야.

연하: 경쟁은 어쩔 수 없는 일인 것이군.

나리: 피할 수 없는 거야. 개인들이나 집단들이나 경쟁을 하며 대립 상태에 놓여 있는 거야.

연하: 그렇군….

많은 편으로 갈라짐으로 해서, 옳고 그름을 판별하기란 역시 어렵다고 했다. 사소한 문제가 아니므로 물러서는 사람도 없다고 하였다.

나리: 그런 편의 갈라짐에서는, 세력이 큰 쪽이 우위를 점유하게 되겠지. 다수가 몰리는 쪽이 우세해질 거야.

민아: 그래, 그럴 거야. 많은 수가 몰린 곳이 우세해질 거야.

한나: 머리숫자가 중요한 것이구나.

나리: 응, 머리숫자…. 그렇지.

많은 수의 사람들이 몰린 곳이 우세해진다고 하였다. 약한 세력은 강한 세력에 의해 짓눌린다. 강한 것 밑에 약한 것이 당연하다는 듯이 놓인다. 결국 머릿수가 많을수록 좋다고 했다.

그렇게 말하고 보니, 힘의 논리가 역시나 통하고 있는 것 같았다. 어디에서나처럼 힘이 강한 것이 다른 것을 물리치고 올라설 수 있는 것이었다. 나리가 계속해서 이렇게 말했다.

나리: 그런데 자기편이 계속 자기편도 아니야. 언제는 자기편이었다가 어느 때에는 적이 되어 있을 수도 있지. 이미 많은 분별이 있다고 했으니까.

자기편도 계속 자기편이 아니라고 했다. 자기편이란 구분도 애매한 개념이라는 뜻이었다.

민아: 자기편도 계속 자기편이 아닌 것인가?

한나: 자기편도 아직 불충분한 개념인가?

나리: 응, 그렇지. 우리는 그동안 불쌍한 사람을 돕는다고 해 왔지만, 그 불쌍한 사람이 어떠한 사람인지는 알 수 없지. 단지 어려운 처지에 놓인 사람일 수 있지. 어려운 처지란 걸 보고, 불쌍하게 느껴지는 것이지. 나중에 그런 사람은 돌변할지도 모르지. 사기꾼이 될지도 모르지. 파렴치한이 되거나 폭력배가 될지도 모르지. 아님 그정도를 이미 잠재적으로 가지고 있는지도 모르고. 그렇게 된다면 베풀 때의 관점과는 다른 인간이 되어 버리는 거야.

연하: 뭐? 그런가? 불쌍할 때만 친근하게 보여서 도와주게 되는 것인가?

한나: 정말 그래?

민아: 그렇단 말인가?

나리: 응, 그렇지.

불쌍한 사람을 놓고도 자기편이라고 쉽게 말할 수 없을 것이라고 하였다. 단지 그 모습이 안쓰럽기 때문에 자기편처럼 느껴진다고 했다. 나중에는 돌변할 수 있다고 했다. 돌변하면 자신과 반대되는 인간이 될 수 있다고 했다.

　민아: 아, 불쌍할 때만 자기편인 것처럼 보이는 것이군. 그래서 돕는 것이군. 도와준다는 것도 허술한 개념이었어….

　한나: 그럼 어떻게 되지? 자기편도 계속 자기편이 아니면 어떻게 되는 것이지?

　민아: 정말 많이 꼬여 버렸어….

　연하: 한때는 자기편이었다가, 한때는 상대편이었다가…. 그렇게 되는 건가?

　한나: 일부에서만 자기편이라니…. 그렇게 되면, 자세히 살펴볼수록 대립되는 부분이 나타나겠군. 종교는 같은데 민족은 다를 수 있겠군.

　나리: 응, 그렇지.

　민아: 민족은 같은데 사는 지역이 다를 수도 있겠지.

　나리: 그래, 그렇겠지. 직업이나 취향 등을 놓고도 달라지겠지.

　민아: 응. 뭔가에 대한 규칙을 놓고도 그렇게 되겠지.

나리: 응, 많은 분별 때문에 그렇게 될 수밖에 없는 거야. 일부에서만 자기편이 되는 거야. 그래서 선사란 애매모호한 개념이 되는 것이지. 대개 협조한다는 것은 잠시 동안만 협조하는 것일 뿐이지.

한나: 협조하는 그것만 놓고 자기편이 되는 것이군.

민아: 그렇군. 그럼 우리 편이란 건 원래 일부에서만 우리 편인 것인가?

같은 종교라서 돕기는 했는데 민족은 다르거나, 같은 민족이라고 돕기는 했는데 국가가 다를 수 있는 것이었다. 같은 직종에 종사하지만 서로 다른 회사에서 경쟁할 수도 있는 것이었다. 누군가에게 베푼다는 것은 자신의 관점이 온전히 적용되는 것이 아니었다. 일부에서만 자기편이어서, 그 선사가 원하는 대로 이루어졌는지 알 수 없는 것이었다. 그래서 더욱더 선사란 난해한 문제가 되었다. 선사에 대한 실망감이 커졌다.

민아: 아…, 우리 편이 옳다고 생각하며 우리 편을 지키려고 했는데, 이젠 우리 편도 우리 편이 아니게 되었고, 상대편도 상대편이 아니게 되었어. 이젠 선사를 해도 선사인지 알 수 없게 되어 버렸어. 여기서 이기성을 줄인다거나, 선심을 베푼다는 개념은 완전히 날아가 버렸어. 선심이란 말은 이제 꺼내기도 어렵게 되었어.

민아는 그동안의 구분이 아무렇게나 이루어지고 있었음에 탄식하며 그렇게 말했다. 다 날아갔다고 했다. 보관하고 있었고 쌓아 두고 있었던 것이 저 멀리 사라졌다고 했다.

일부의 주제만 놓고 우리 편이란 개념이 생겨나 서로 다투고 있음에 탄식하며, 누군가와 싸운다거나 누군가를 보호해 준다는 것은 자기모순적인 행위일 뿐임이 드러났다. 겨우 일부 주제만 놓고 서로 뭉쳤다가, 또 다른 주제들 속에서 서로 격분하며 흩어지는 것이었다….

다시 교환으로

　　그렇게 선사란 주제는 막연하고 복잡하게 되면서 선사를 논의한다는 것은 결국 피곤한 일이 되어 버렸다. 교환을 논의하던 그녀들이 어느 순간 이기성 여부를 따지며 선사에 매료되어 여기까지 오게 되었지만, 이 선사는 자기편이란 개념이 모호해지면서, 막을 내리는 듯했다.

　　민아의 탄식으로 정말로 막을 내리게 되었다.

　　나리는 여기서 정리해야겠다고 생각했다. 선사를 더 이상 붙잡고 있을 수 없었다. 머릿속을 단지 혼잡하게만 할 것 같았고, 선택에 착오를 일으키게 할 것만 같았다.

　　그녀들이 잘못된 개념으로 인하여, 피해를 보는 일도 없어야 할 것 같았다. 그래서 선사란 의미 없음을 확정 지어야겠다고 생각했다. 어설픈 선사는 자기 손해일 뿐이라는 것을 명백히 하고 싶었다.

나리는 연하와 민아, 한나의 표정을 번갈아 보았다.

다들 이제 지쳤다는 표정이었다. 주든 받든 마음대로 하라는 뜻인 것 같았다. 선사란 개념은 이제 그녀들에게 아무 감흥도 불러일으키지 않는다. 뺏는 것이든 주는 것이든 같은 것이다….

진정한 선사란 이제 없어도 되는 것 같았다….

나리는 결국 이렇게 말했다.

나리: 인간은 단지 자기편을 만들어 세력을 떨치고 싶은 것인지도 모르지. 아니면 단지 적을 만들어 싸우고 싶은 것인지도 모르지. 인간의 본능이란 그런 거야. 자기편을 어떻게든 만들어서 다른 세력들과 다투고 싶은 것, 다투면서 행복해하는 것, 승리를 목표로 하면서 행복한 것. 그런 것이지. 그런 행복으로 살아가는 것이지.

민아: 아, 그래. 그런 것 같아. 승리하는 것….

연하: 그렇구나. 승리하는 것. 그런 목표를 가지고 있는 것이구나. 그래서 서로 대립하는 것이구나.

나리: 응, 그렇지.

인간은 단지 자기편을 만들어서 누군가와 다투고 싶은 것이라고 하였다. 다투면서 재미있어 하는 것이고, 다투면서 행복해하는 것이라고 하였다. 이제껏 자기편을 챙겨 온 것은 그런 이유에서였다.

민아도 그 의견에 찬성하였다. 자기편과 함께 승리의 기쁨을 맛보는 것, 그게 삶의 의미이고 보람이라고 느꼈다.

민아 자신도 한때는 그런 경쟁 속에 있었던 적이 있었기 때문이었다. 친구들과 패거리를 지으며 다른 패거리들과 대적하던 때가 있었다. 상처가 났었고 후유증이 심했었다. 하지만 지금에 와선 무의미한 짓거리였던 것처럼 보인다. 나리의 의견이 지금까지의 선사의 개념을 정리하는 데 알맞다고 생각했다….

민아: 이제 우리편이란 개념은 치워도 되는 것이군. 우리편이라고 해봐야, 한때 뭉쳤다가 헤어지는 것뿐이니까 말이야.

나리: 그래. 우리편은 치워도 돼. 그렇게 한다면 선심이 어디를 향해야 하는지 고민하지 않아도 될거야.

한나: 그런가? 음, 그렇군…

연하: 이제 우리편은 생각하지 않아도 되는 것이군?

나리: 응, 그렇지.

자기편을 떠나기로 했다. 자기편이란 구분은 이제 하지 않기로 했다. 선사와 협조라는 개념은 모순과 부실함을 가지고 있었다. 친근하게 보여서 다가가고, 이질적으로 보여서 멀어지는 것이었다. 친근하게 보이는 것들에 대한 비중이 사라지는 것 같았다. 친근함 여부에 그다지 주목하지 않게 되었다.

나리: 이제 교환으로 돌아서야 할 것 같아. 처음에 말했던 그 교환으로 되돌아가는 거야.

처음에 말했던 교환으로 돌아간다고 하였다. 나리가 그렇게 말했다. 교환이 다시 등장하였다. 민아는 흐뭇한 표정을 지었다.

민아: 교환…. 다시 교환으로 돌아가게 되었군.

연하: 으음…, 그래. 교환으로 돌아가는 게 나아. 서로 주고받는 교환이 나아.

한나: 교환이 낫겠지. 주기만 한다면 부담스러울 거야. 잘된 일이야.

연하도, 한나도 교환으로 돌아감을 반기는 표정을 지었다.
나리가 그에 화답하였다.

나리: 응, 교환이 나아. 교환이야말로 바람직하다는 것을 우리는 알게 된 거야. 교환에서 손해 볼 일은 없어. 내 편이든 남의 편이든 교환하면 되는 거야. 괜히 나쁜 이들을 도운 경우는, 교환에서는 없게 되는 거야.

교환은 바람직하다고 하였다. 누구와든 교환을 할 수 있다고 하였다. 주고받음으로써 후회할 일은 사라진다.

민아: 교환은 공평하게 주고받을 뿐이야. 공평하게 주고받으면서 서로 이익을 챙길 뿐이야.

나리: 응, 그렇지. 공평하게 주고받을 뿐이야.

한나: 자기편을 안 따지니까 공평하게 주고받을 뿐이군?

나리: 자기의 이익을 먼저 챙길 때 비로소 남들도 챙길 수 있는 거야.

민아: 그래, 그럴 거야. 자기 손해만 난다면 오래가지 못할 거야. 부담스럽기도 할 거고….

교환은 공평하게 주고받을 뿐이라고 했다. 누군가의 이익을 실현하는 것보다, 자기의 이익을 우선 챙기는 것이 교환이었다. 자기에게 피해가 없어야 남들에게도 불편하지 않다. 서로 좋은 조건일 때 원활한 교환이 이루어진다. 교환은 그런 것이었다.

한나는 교환에 대해서 이야기가 다시 시작된 것에 기뻤다.
당연히 그래야 한다고 생각했다. 선사에 대해서는, 항상 받기만 했던 그녀여서 듣는 내내 지루했었다. 선사를 왜 하냐고 의문만 가질 뿐이었다. 교환으로 공평하게 서로 좋은 것을 나누면 문제가 전혀 없을 것이라고 생각하였다. 무엇이든 당연히 그래야 한다고 생각했다.

이제 교환으로 돌아선 그녀들은 교환에 대한 보충된 이야기들을 하게 되었다. 이 이야기가 전개되며, 교환은 앞서 말한 것보다 더 매력적인 장점을 드러내게 되었다. 나리가 이렇게 말했다.

나리: 교환은 자기의 능력만큼, 일한 만큼 가지게 하니까 가장 옳은 거야.

자기의 능력만큼, 일한 만큼 가지게 되는 것이 교환이라 하였다.

민아: 자기 능력만큼, 일한 만큼…. 그래, 그게 가장 좋은 거야. 그게 정말 공정하고 사리에 맞는 양식이야.

나리: 응, 그렇지.

민아도 동의하였다. 자기의 능력만큼, 자기가 일한 만큼 가지게 되는 것. 매우 기분 좋게 들렸다.

연하: 아, 당연히 그래야 할 것 같아. 자기가 일한 만큼, 능력만큼 가지게 되어야지. 일하지 않는다면 가질 수 있는 것도 적어야 해.

나리: 그래, 그렇지. 당연히 그래야 해.

한나: 열심히 일하면 많이 가질 수 있는 것이구나?

나리: 응, 그렇지. 열심히 일해야 해.

열심히 일하며 능력을 발휘할 때, 많이 가질 수 있는 것이었다. 그렇게 말하고 보니, 문득 선사란 무료로 준다는 것이 드러나 보였다. 무료로 주며 누군가에게 일하지 않아도 됨을 나타내는 듯이 보였다. 그동안 무료로 준다는 것을 미화해 왔음이 드러나게 되었다. 이젠 무료로 준다는 것이 수치스럽게 느껴지기 시작했다.

나리: 게으른 사람이 뭔가를 누리고 있다면 어떻겠어? 부당한 경우가 되겠지? 게으르게 행동하면 약자가 되기 쉬워. 게으른 사람이란, 다른 사람들이 열심히 일할 때 놀고 있었던 사람들이지.

민아: 게으르고, 일하기 싫고, 놀고 있었던 사람들? 그래. 그렇구나. 그들은 약자가 되기 쉽겠지. 당연히 그렇겠지. 놀고 있으면 소모만 일어나니까 말이야.

연하: 노는 사람들? 아, 그런 사람들이 많지. 그래서 가난한 계층이 형성되는지도 모르지.

게으르면 약자가 되기 쉽다고 하였다. 게으른 사람이 뭔가를 누리고 있으면 부당하다고 나리가 말했다. 민아와 연하도 동조했다. 게으르면 가난해질 뿐이라고 하였다.

한나: 대단한 사람들이군. 다른 사람들이 일하거나 배우고 있을 때 놀고 있다니. 놀면서 시간 가는 줄 모르다가 어느 때가 되면 사회 탓을 하게 되겠지?

한나는 자기도 노는 것과 거리가 먼 것인 양, 노는 사람들을 비꼬면서 말했다. 사실 속으로는 긴장했다. 비난을 피하려는 태도가 오히려 욕처럼 나온 것이나 마찬가지였다.

민아: 그런 사람들이 많지. 신나게 놀다가 부족한 것이 많다고 투정부리는 거야. 가난을 자기가 자초한 것인지 모르는 것이지. 가난하다고 누군가를 원망해서도 안 되는 거야.

나리: 그래, 자기가 자초한 거야. 누릴 수 없다고 투정부리겠지만 자기가 자초한 것이지. 그러니까 노는 것을 좋아하면 약자가 되기 쉬워.

노는 사람은 약자가 되기 쉬움을 강조하였다.
스스로 자초한 것이라 하였다.

나리: 새로운 것을 계발하고 정진하려는 사람들이 강자가 되기 쉬워. 그들은 사회 속에서 생산을 일으키는 부류들이니까 말이야. 교환이 활발하게 일어나도록 돕는 사람들이야.

민아: 그래, 그런 사람들은 사회를 풍요롭게 해. 부유해질 자격이

있겠지.

나리: 음…, 자격이 있어. 자신이 일한 만큼 얻는 거야. 그만큼 누리는 거야. 교환 속에서 그들은 공평하지.

연하: 으음, 그렇군. 그들은 그런 자격이 있는 것이군. 풍요는 그들이 만들어 내고 있는 것이군. 이 사회의 풍요는 그들 덕분이라고 말할 수 있어.

나리: 그래, 그들 덕분이지.

한나: 열심히 일하는 사람들, 그들 덕분이군.

새로운 것에 도전하고 창의적으로 일하려는 사람들이 부유해질 자격이 있다고 했다. 그들은 사회를 풍요롭게 만드는 사람들이라고 하였다. 새 상품이 나오고, 누군가가 필요로 하는 것을 생산해 낸다. 사회 속을 행복하게 살아간다면, 그들 덕분이라고 할 수 있었다.

게으른 사람들은 약자가 되기 쉽고, 부지런하고 열성적인 사람들은 강자가 되기 쉬움을, 그녀들은 머릿속에서 인지하였다. 약자와 강자가 그렇게 머릿속에서 구분되어졌다.

이어서 나리가 다음과 같은 질문을 던졌다. 이 질문으로, '교환이 단지 일어나는 것으로 좋은가'라는 의문이 생겨났다.

나리: 그런데 열심히 일하고도 밑바닥의 생활을 하고 있다면 어떻

겠어? 억울하지 않겠어?

　민아: 뭐? 열심히 일했는데도 밑바닥의 생활을 하고 있다고?

　연하: 열심히 일했는데도 밑바닥의 생활을 하고 있다니, 그건 무슨 경우야?

　열심히 일했는데도 밑바닥의 생활을 하고 있는 경우도 있다고 하였다. 민아는 내심 놀랐다. 일해도 소용없다는 뜻인 것 같았다.

　나리: 그런 경우가 있지. 보상이 주어지지 않는 경우야. 열심히 일했지만, 자신의 일이 제대로 평가를 못 받는 경우이지. 재능을 쏟아부은 어떤 결과물을 내놓았어. 하지만 아무도 알아주지 않지. 그래서 소용없어지는 거야.

　연하: 그런 경우라면 부당한 경우가 되겠군. 다 낭비가 되고 말 테니까 말이야. 열심히 일해도 다 허사야….

　민아: 놀라운 상품을 만들어 내고도 누구도 놀라지 않는 것이군.

　나리: 응. 그러니까, 재능만으론 안 되는 경우지. 생산 활동이란 결국 교환을 통해 평가받으면서 가치가 생기는 것인데 아무도 알아주지 않는다면 교환을 못 하게 되고 결국 낭비만 초래하다가 주저앉고 마는 거지.

민아: 정말 그렇겠는걸? 교환할 사람이 없다면, 자기가 만든 것은 팔 수 없게 되겠지? 그럼 재고로 쌓일 뿐이겠지?

나리: 응, 그렇지.

한나: 낭비만 일어나는 경우구나…. 불쌍해.

재능이 있다 해도, 사회 속에서 올바른 평가를 못 받는 경우가 있다고 했다. 그런 경우 생산을 해도 안 팔리면서 주저앉을 뿐이라고 하였다. 그런 경우를 보건데, 교환이란 누군가와 동조나 협상하에 일어나는 것이며, 주고받는다는 것도 상대적인 의미를 가진 것이라는 것을 알 수 있었다.

나리: 어느 화가가 아주 멋진 그림을 그렸어. 하지만 아무도 알아주지 않지. 그럼 교환을 할 수 없게 되고 소모만 일어나게 되지. 그는 결국 일을 할 수 없게 될 거야. 가난해지면서 궁핍에 시달리게 될 거야.

민아: 예술 분야들은 그런 경우가 있지. 사람들의 보는 눈이 다른 거야. 음식도 아니고 소파처럼 편리함을 제공해 주지도 않으니까 하찮게 여기는 사람들이 많은 거야. 그래서 교환이 안 되겠지. 안 될 거야. 슬픈 인생을 살아갈 거야.

연하: 사람들이 그 작품을 낮추어 본다면 정말 그렇겠는걸?

민아: 못 알아보는 것이지. 전혀 관심이 없는 거야.

나리: 응, 그렇지. 그래서 망할 뿐이야….

대개 상품이란 필요가 있음으로 해서, 누군가와 교환이 되는 것이었다. 하지만 나리는 예술계를 예로 들어, 사람들이 보는 눈이 다를 수 있음을 지적하였다. 특정한 분야의 결과물들은 다수에게 거리감이 있을 수도 있다는 뜻이었다. 열심히 일한 사람이거나 재능 있는 사람이지만, 부유함을 실현하지는 못할 수도 있었다. 사람들의 안목에 따라 교환이 이루어지면서 안목이 중요한 것이 되었다.

민아: 으음, 동물 영상물도 그중 하나겠군. 아무도 보지 않는다면 안 팔릴 것이고 결국 망하겠지?

나리: 그렇겠지. 아무도 안 본다면 망할 뿐이야. 그래서 공익성을 띤 단체가 나서야 하지. 나서서 가치에 맞게 교환이 이루어지도록 해야 해. 아니면 국가가 나서야겠지.

민아: 국가가 나서야 한다? 그거 좋겠군. 국가가 나서서 누군가를 후원한다면 가치 있는 분야가 망할 일은 없겠군.

나리: 응, 그렇지. 국가는 자신의 필요성과 거리가 먼 집단이고 공익성과 윤리성을 위해 투자할 의무가 있으니까, 어느 분야나 전문가를 키워 낼 수 있을 거야. 매우 공정하지.

연하: 그렇군. 다수의 사람들은 자신의 목적에 맞는 교환만 하니까, 누가 망하는 것에 관심 없을 거야.

나리: 어느 분야가 도태되어도 상관없지. 신문 한 면에 날 뿐이야.

공익성을 띤 단체가 나서서, 가치 있는 것을 후원해야 한다고 말했다. 불특정 다수의 사람들은 어느 분야가 망해 가는 것에 관심이 없기 때문이라고 하였다. 국가가 나서면 좋을 것이라고 하였다. 국가는 사회의 어느 분야가 자라나도록 후원해야 한다고 했다.

연하: 반면 조잡한 것들은 인기를 끄는 경우가 있겠지?

연하가 품격 있는 것들이 망하는 반면, 조잡한 것들은 인기를 끄는 경우가 있을 것이라고 지적했다.

나리: 응. 물론이지. 조잡한 것들을 쏟아 내고도 인기를 끄는 경우가 분명 있지. 으음…, 이미 그런 불량품에 대해서 말했었어. 광고를 잘해서 잘 팔려 나가게 할 수도 있고, 돈이 많아서 초기부터 할 수 있는 것들이 많기도 해. 어느 유명 제품은 굉장히 부실했고 소비자들의 항의도 많았는데 잘 팔려 나갔지. 회사는 그에 따라 부유해졌어. 다 광고를 잘한 덕분이었지.

한나: 아, 역시나 광고를 잘한 덕분이군.

나리: 응. 또 사회의 한 부분을 갉아먹으며 풍요를 실현하는 사람들도 충분히 있지. 이미 그에 대해서도 말했었지. 되팔기 위해 사 두는 경우에 대해서 말이야. 필요도 없지만 사 두는 거야. 누군가가 필요로 하는 정도를 이용하는 것이지. 그런 경우가 우리 사회에선 많은 거야. 또는 잠재적인 이기성하에 많아질 수도 있겠지.

연하: 그래, 그렇겠지. 아까 말했었지.

나쁜 것을 쏟아 내고도 인기를 끄는 경우가 있다고 했다. 광고를 잘해서 잘 팔려 나가는 상품이 있다고 했다.
심지어 사회의 한 부분을 잠식해 가며, 자기의 풍요를 실현하는 사람들이 있다고 했다. 충분히 많다고 하였다.

민아: 생산물에 관심도 없이 돈만 끌어모으려는 작태들…. 그래, 우린 이미 그에 대해서 말했었지. 그런 요행에 대해서 말했었어. 요행이 판을 칠수록 사회는 망한다고 했었어.

나리: 응, 나쁜 사회일수록 그렇게 되겠지. 나쁜 사회에서는 인기가 많은 것, 돈이 되는 것으로 주의가 쏠리게 되고, 품위 있는 것들과 개성 넘치는 것들은 점점 관심 밖이 되면서 사라지게 되는 거야. 자기를 재미있게 해 주는 것, 유행하는 것들을 취하려고 해. 사람들이 그러는 거야. 필요한 것 외에는 관심 없지. 그래서 뭔가 숭고한 것, 고귀한 것과는 거리가 멀어지게 되지. 멀어지면서 그 분야는 도태되는 거야.

연하: 나쁜 사회…. 그렇구나. 그런 사회에서 살기란 어렵겠군.

민아: 그런 사회에서는 품격 있는 것들은 사라지는구나. 조잡하고 저속한 것들만 인기를 끄는구나.

나리: 으음, 그렇지….

민아: 그런 사회에서는 바보들의 풍요가 펼쳐지겠군….

유행과 재미에 돈이 무작정 몰릴수록 사회는 나빠진다고 하였다. 그런 사회는 나쁜 사회라고 하였다. 나쁜 사회에서는 품위 있는 결과물들이 자취를 감춘다고 하였다. 나쁜 사회의 도래는 암울하게 느껴졌다. 민아는 긴장한 듯 눈을 깜빡거렸다. 하지만 한나는 아무렇지도 않은 듯 나리의 말에 귀를 기울였다.

나리: 우리가 구매하는 것들이란, 결국 그 가치를 인정해 준다는 것이지. 가치가 있으므로 그 상품을 구매하게 되는 거야. 많은 제품들, 즉, 식품과 의류, 전자 제품, 생활 용품 등 주로 구매하는 것들엔 사람들이 흔히 보는 가치가 있지. 그래서 가격이 높으면 저절로 안 팔리게 되어 있는 거야. 하지만 어느 부자는 아무도 거들떠보지 않는 특별한 생산물을 높은 가격으로 구매할 수도 있어. 왜냐하면 자기 돈, 자기 마음대로이니까 말이야. 그렇게 되면 그것을 생산해 낸 사람은 횡재를 맞이하게 되는 것이지. 거액을 손에 쥐게 되는 거야. 다른 사람에겐 팔 수 없는 것을, 어느 누군가에게는 팔 수 있게 되는

거야. 부자로 인해 뭔가가 소생하는 것이지.

민아: 그렇겠군. 정말 돈을 많이 가진 사람은 자기 돈이 어디로 향하게 할까를 스스로 결정할 수 있겠군. 유흥비로 탕진한다면 유흥 산업이 커지겠군.

한나: 도박 산업이 그래서 커지는 건가?

나리: 응, 그렇지. 유흥 산업에 쏠리는 부자가 많을수록 유흥 산업은 커지게 돼.

한나: 아, 그렇군. 유흥 산업이 커진다니…. 암담하군.

연하: 나쁜 분야가 커진다는 건 좋은 일이 아닐 거야.

대개 부유한 사람들은 자신의 자본을 원하는 방향에 쏠리게 하여 그 제품이나 분야에 상당한 보탬이 되게 할 수가 있다고 했다. 그래서 사회 병폐적인 것에 많은 돈을 사용할 경우, 그것들을 지원하는 것이나 다름없이 된다고 하였다. 부자의 관점은 사회에 많은 영향을 끼친다는 뜻이었다. 비단 부자들만이 아니라 많은 사람이 몰리는 분야는 자라나는 것을 의미했다. 소비에 있어서 윤리성이 부각되어야 한다고 민아는 생각했다.

민아: 누구나 자기가 원하는 것을 단지 누리려고 할 뿐, 그로 인한

부작용에는 관심 없는 것 같아.

나리: 그럴 거야. 대개 품질만을 생각하고 돈을 지출하니까 말이야. 그로 인한 영향은 생각하지 않아.

민아: 으음…, 그런 것 같아. 나도 내 물건을 사거나 편의를 이용할 때, 당연히 내 취향만을 생각하거든? 그렇게 보니 부유함을 누리는 건 자유지만, 어쩐지 이기적인 면은 피할 수 없을 것 같아.

나리: 그럴 거야. 하지만 사회 병폐와 더불어 살아가도 아무 문제 없다면 고민하지 않아도 될 거야.

한나: 그런가? 으음….

대개의 사람들이 구매로 인한 영향을 생각하지 않는다고 했다. 부유함이란 단지 누리는 것일 뿐인 것 같았다. 나리는 사회 병폐와 더불어 살아가도 문제가 없다면 고민하지 않아도 된다고 하였다.

연하: 가치 판별을 잘 해야 하는구나. 사회의 해악에 돈이 몰리게 해서는 안 될 것 같아.

나리: 그래, 그렇지…. 그래야지. 돈이 어디로 쏠리게 하느냐가 중요해.

한나: 나도 부자가 된다면 어느 분야를 후원하여 자라나게 하고 싶어. 특히 품격이 높은 분야를 말이야.

나리: 좋은 생각이야. 그렇게 한다면 소비임에도 불구하고 선사가 될 수 있을 거야.

한나: 아니, 소비라면 교환일 거야. 안 그래? 어쨌든 부자가 되고 싶어. 가난한 자는 약자일 뿐이야.

연하: 열심히 일할 때 부자가 될 수 있는 거야. 열심히 일을 해야 해. 아니면 좋은 발상이 필요할거야.

한나: 요행을 잘 잡아도 부자가 될 수 있겠지?

연하: 뭐? 그럼 아직도 요행에 취해 있단 말이야?

한나: 아냐, 아냐. 난 단지 그런 사실을 말했을 뿐이야.

나리: 음…, 한나의 앞날이 궁금해지는 대목이군.

한나는 농담처럼 말했지만 연하는 진지한 듯 한나를 우려의 시선으로 쳐다보았다. 부자가 되기보다 무료로 받아먹음을 좋아하는 이 시대의 어린이들이 충분히 있다고 생각했다. 그런 아이들로 사회가 채워진다면 사회는 더욱 더 어두워질 거라고 생각했다.

부유함은, 열심히 일하며 능력을 발휘할 때 달성할 수 있다고 했다. 부자는 가난한 자들보다 분명히 사회에 많은 영향을 끼친다고 했다.

하지만 그 부유함을 누리는 것은 개인의 기쁨을 보장하긴 하지만, 사회엔 해악일 수도 있었다. 부유함을 누린다는 것은 결국 어떤 산업을 키운다는 것이나 마찬가지여서, 자신의 자본을 사회 병폐적인 것에 사용할 때 그 나쁜 것들이 자라나 사회를 암울하게 할 수도 있었다.

무언가 고귀한 것이 망하거나 무언가 퇴폐적인 것이 자라나는 것에 신경 안 쓰는 개인들로 이루어진 사회이기에, 단지 자유에 맡겨 놓으면 사회는 도태되거나 타락해 갈 수도 있었다. 사회는 풍요 속에서도 저속한 것들을 만들어 내며 점점 암울하게 전환될 수도 있음을 의미했다….

감사함

  교환으로 돌아선 그녀들은 사회 속의 풍요가 교환으로 이루어지고 있음에 감탄하며 부유한 세상에 대한 희망으로 부풀어 올랐다.

  민아: 이제 선사란 개념보다 교환에 더 주의를 기울여야 할 것 같아. 우리들이 이기성을 논의한 것은 실수였었어. 이기성을 막연히 따지다가 낭비만 일으켰지 뭐야? 능력이 제대로 평가받고 있는가를 논의하는 게 더 옳은 것이었어.

  연하: 그래. 그랬어야 했어. 시간 낭비가 많았었어.

  교환에 더 주목해야 한다고 말했다. 시간 낭비가 많았다고 했다. 능력의 평가를 논의해야 한다고 말했다.

민아: 선사란 이름 아래, 은근히 보답을 바란다는 경우들은 교환보다 더 이기적으로 보여. 차라리 이것과 저것을 적절히 바꾸자고 하는 게 낫지. 괜히 도움을 주고 고마움이나 느껴라, 은혜를 배로 갚아라는 식으로 저장해 놓고 있으면 그 사람과의 관계는 소원해질 뿐이지. 선사란, 그렇게 애매모호하기에 안 일어나는 것보다 못한 수가 있는 거야.

나리: 그래, 그렇지. 그러므로 선사란 주의해야 하는 거야. 문득 호의를 베풀며 다가오는 사람들을 주의해야 하는 거야. 지인들 간에도 주의해야 하겠지?

연하: 정말 그래. 그런 선사들은 없는 게 나아. 잘 보이기 위한 선사들, 은근히 인상만 남기려고 하는 선사들…. 그런 선사들은 없는 게 나아.

민아: 암, 그래…. 없는 게 나아.

한나: 아, 상대방을 부담스럽게 하는 선사들, 보답을 배로 바라는 선사들…. 없는 게 낫군.

상대방을 공략하기 위한 선사들…. 그런 선사들은 없는 게 낫다고 했다. 그동안 그런 선사들에 대해 말해 온 것이 수치스럽기까지 했다.
연하도, 한나도 비꼬는 듯한 말투로 그렇게 말했다.

민아는 이제 교환으로 돌아섰음이 기쁘기까지 했다.

앞으로도 선사에 의한 피해가 없었으면 좋겠다고 생각했다.

민아: 그러니까 이제 교환을 잘해야 할 것 같아. 교환을 잘하여, 서로 생산물을 잘 누릴 수 있어야 할 것 같아.

나리: 응, 그렇지. 그리고 생산물의 가치 판별을 잘해야겠지. 사회 속의 일원으로서 말이야.

한나: 그래. 그래야 할 것 같아.

연하: 나도 생산물의 평가를 잘해야 할 것 같아.

교환을 잘하여 서로의 생산물을 잘 누릴 수 있어야 한다고 나리가 말했다. 그녀들은 교환으로 돌아와서 뿌듯했다.

연하: 이제 선사에 대한 마음은 접게 되었어. 교환에서의 부당한 경우를 더 포착해 내는 것이 이기성을 줄인다고 설쳐 대는 것보다 더 중요한 일인 것 같아. 부당한 교환이 일어나지 않게 주의해야 하는 것이 우선인 거야.

나리: 그래, 맞아. 우선이야.

민아: 더 중요한 일이야.

한나: 그래, 맞아.

교환에서의 부당성을 걸러 내는 것이 더 중요하다고 했다.
연하도 그렇게 교환으로 돌아왔다….
……

그녀들이 보고 있던 동물 영상물은 마침내 끝나 가고 있었다. 저
녁노을이 깔리며 하늘의 구름과 지평선을 붉게 물들이고 있었다.
동물들이 떼를 지어 이동하고 있었다. 먼지가 자욱하게 날리고 있
었다.

민아: 와! 이 풍경은 꽤 좋은데? 저 넓은 땅에도 황혼이 찾아오고
있어!

민아가 먼저 황혼에 감탄하며 그렇게 말했다.
나리도 그에 감탄하는 반응을 보였다.

나리: 응, 그래. 매우 좋아. 야생의 들판에도 황혼이 어김없이 찾
아오고 있어. 붉은 노을, 높고 커다란 산들, 그 아래 떼를 지어 이동
하는 동물들…. 저렇게 넓은 땅에도 저녁 어둠이 때를 맞추어 찾아
오고 있는 거야.

나리가 그렇게 말했다. 동물들이 이동하는 모습, 그 뒤로 저녁노
을이 짙게 깔린 풍경은 그녀들의 감탄을 자아내게 했다. 도시에서
볼 수 없는 풍경인 것 같았다.

연하: 하루가 끝나 가고 있구나.

민아: 고단했던 하루가 끝나 가고 있군.

나리: 응, 끝나 가고 있어.

동물들의 모습은 지평선 멀리로 사라졌다.
영상물은 자막이 올라가면서 어느새 막을 내리게 되었다.
동물원에서 투덜거리며 돌아온 이후로, 보게 된 영상물이 잡담을
나누면서 보게 되니, 어느덧 한정된 시간을 다해 끝나 버렸다.
시간이 금방 흘러가는 것 같았다. 한나는 '벌써 끝났나?'라는 표정
으로 화면을 멍하니 바라보고 있었다. 나리가 계속해서 말했다.

나리: 오늘 우리는 이 영상물을 보면서 여러 가지 이야기를 나누
었었지. 동물원에서 느릿느릿 생활하는 동물들을 보는 것보다 나았
다고 했어.

동물원에서 동물을 보는 것보다 나았다고 했다.
진귀한 장면만 따로 담겨 있었기 때문이었다.

민아: 그래, 나았지. 전문가들이 만든 영상이라 다른 거야. 야생의
생활 속을 파고든 영상인 거야. 그래서 흔히 볼 수 있는 장면들을 담
고 있지 않지.

감사함

연하: 그래, 좋은 장면만 골라 넣었어.

나리: 우리들은 교환으로 이 영상물을 얻었어. 그래서 감사할 것은 없지만, 한편으로는 만드는 사람이 없었다면 어떻게 볼 수 있었을까라는 생각을 해 보지 않을 수 없지.

연하: 그래, 맞아. 이 영상물이 없었다면 저 멀리서 펼쳐지는 일들을 알 수 없었을 거야. 동물들의 일들은 궁금증투성이인데 말이야. 감사할 것도 없지만 한편으론 감사해야 할 것 같아.

교환으로 얻은 동물 영상물이지만, 감사함이 느껴진다고 하였다. 연하도 감사해야 한다고 말했다.

나리: 응, 감사함이 느껴져. 각 분야에 전문가들이 있어서 감사할 일이야.

민아: 그래, 그렇지. 감사할 일이야.

나리: 누군가의 열정이 하나의 작품을 만들어 내고 많은 사람들에게 감동을 선사해 주는 거야.

연하: 그렇구나.

한나: 으음, 그렇구나….

민아: 열심히 일하는 사람들 덕분이군.

그녀들은 이것을 보면서 이야기를 나누어 온 것이 흐뭇하게 느껴졌다. 사자가 가젤을 사냥하는 장면, 치타가 새끼를 보호하기 위해 애쓰는 장면, 물에 빠져서 허우적대는 가젤들. 모두 다 도시 내에선 볼 수 없는 진귀한 장면들이었다. 참새가 날아다니고, 비둘기가 날아다니고, 개가 사람처럼 돌아다니는 도시의 풍경은 단조로운 듯 느껴졌다.

나리: 인간은 한 분야에 종사하지만 다양한 분야의 물품과 편의들을 누릴 수 있어. 그게 인간의 특성이라고 말했었지.

민아: 그래. 누릴 수 있어. 그게 인간의 특성이야. 인간은 그런 특성을 가지고 있다고 말했었지.

연하: 응, 그렇지. 자신의 생산물을 누군가의 생산물과 바꿀 수 있게 되면서 풍요로워진 거야.

민아: 그래, 풍요로워진 거야.

나리: 교환이 없었다면 인간들은 동물들처럼 단조로운 삶을 살았을 거야.

연하: 그래, 그랬을 거야. 단조로운 삶.

인간은 교환으로 다양한 분야의 결과물들을 누릴 수 있다고 했다. 처음 했던 얘기들이 다시 흘러나왔다.

나리: 야생 그대로의 삶은 거칠고 무기력할 뿐이야. 원시인들의 삶이지. 오늘 도시 생활, 아니, 문명 생활이 유난히 부각되는 것 같아.

민아: 그래, 문명 생활. 그로 인해 즐거운 거야. 풍요로운 거야

연하: 그래, 풍요로운 거야.

도시 속에서의 문명의 혜택을 누리는 생활이 부각되고 있다고 했다. 야생의 삶은 불편하고 단조로울 뿐이라고 했다.

나리: 집에서 느긋하게 음식을 챙겨 먹고 음악을 들으며 책을 볼 수도 있고, 심심한 날 영화를 보러 갈 수도 있고, 멀리 있는 사람에게 전화를 할 수도 있어.

민아: 그래, 그렇지.

연하: 비행기를 타고 세계를 돌아다닐 수도 있어. 한적한 숲속에서 숲속의 향기를 음미해 볼 수도 있고 찬란한 저녁노을을 감상해 볼 수도 있어. 또 번화가를 구경할 수도 있겠지. 카페에 가서 친구들과 수다를 떨 수도 있을 거야.

나리: 그래, 그렇겠지. 전력과 식량은 걱정하지 않아도 돼. 가는 곳 어디에서나 공급해 주고 있으니까.

한나: 그렇구나. 돌아다니기만 하면 되는구나.

나리: 응, 아름다운 자연 풍경과 인간들이 만들어 낸 멋진 문명 세계를 체험할 수 있는 거야.

민아: 그렇구나.

나리: 그 모두를 교환을 통해서 이루고 있는 거야.

민아: 그래, 교환으로 이루고 있는 거야.

야생 세계를 보고 나니, 집에서 편안히 생활하고 있음이 느껴졌다. 하루가 걱정 없이 지나가기도 하고, 언제나 하고 싶은 것을 하면서 지낼 수 있는 것 같았다.

폭풍이나 천둥이 치는 날에도, 집안은 아늑하고 여유로운 공간이었다. 전기, 가스, 난방 시설, 상하수도, 각종 소식을 전해 주는 매체들, 지식을 넓혀 주는 다양한 정보들. 풍요로운 도시 속의 집이란 것이 새삼 실감 나는 듯했다.

연하: 교환으로 이루고 있는 이 세계…. 교환이란 그렇게 좋은 것이구나.

나리: 그래, 그렇게 좋은 거야.

한나: 음, 좋은 것이구나.

민아: 이제 마무리인가?

나리: 응, 이제 마무리야.

그녀들은 자리에서 일어났다. 도시 생활에 대해서 떠드는 것이 재미있었다. 황혼이 깔리는 장면은 야생 세계와 문명 세계를 비교하게 해 주었다. 여유롭고 풍요로운 생활이 실감 났다. 앉아 있던 자리에는 과자 부스러기들이 많이 떨어져 있었다. 한나가 유독 많이 흘렸다. 쓸모없는 의견들을 꺼내 놓고 거짓말하느라 흘리기만 한 과자들이었다. 창피했다. 입으로 후~ 불었다. 그러자 사방으로 흩어졌다. 얼른 치워야겠다고 생각하고 청소 도구를 찾았다.
　　……

동물원에 갔다 온 이후 동물 영상물을 보면서 이 대화가 시작되었었다. 생산과 교환, 선사, 인간의 이기성에 이르기까지 다양한 주제들을 넘나들며 길게 뻗어 왔었다. 선사에 대해서 많은 얘기를 나누었지만, 말미에 이르러 그녀들은 교환으로 돌아서게 되었다.

선사란 파고들수록 애매모호한 개념이 되어 갔고, 자기편이란 개념에서 더 이상 납득이 가지 않게 되었다. 자기편인 줄 알고 선사를 했는데, 반대편을 도운 것이 되어 버리는 게 선사였다. 그래서 선사를 어떻게 하느냐보다는 교환에 배어 있는 부당성을 걷어 내는 것이 더 시급한 과제라고 그녀들은 여겼다.

자신은 조금 생산해 놓고 교환을 통해서 많이 얻어 가려고 하는 이기성이 반드시 없어져야 한다고 그녀들은 생각했다. 그리고 마지막에 이르러, 현대 사회에서는 유행하는 것들과 인기 있는 것들에 편중된다는 사실에 안타까움을 표시했다. 단지 저속한 호기심을 채워 주고, 유치한 웃음거리를 만들고, 오락거리가 되는 것들에 돈이 몰리는 현상을, 이 사회는 한껏 가지고 있었다. 그에 따라 품위 있고 개성 넘치는 생산물들은 도태되거나 사장된다고 하였다.

그런 경우들은 문명의 다채로움과 공존을 해치는 것처럼 보였다. 공동체에 대해 아무 생각 없이 사는 개인들로 이루어진 사회이기에, 어느 분야가 도태되는 것에도 신경 쓰지 않는다고 하였다. 그런 일들이 일어나는 것을 방치한다면 나쁜 사회로 번져 버릴 것이라고 하였다.

또 부유함만을 목적으로 하는 자본가들이 많을수록, 생산을 뒷전으로 한 단조로운 사회가 이루어지리라고 생각했다.

그녀들은 교환을 잘해야 할 것 같다고 다시 한 번 느꼈다. 실력이 배어 있는 결과물들을 내놓으며, 동시에 사회 속의 일원으로서 누군가의 결과물에 대해서도 가치 판별을 잘해서 좋은 것이 자라나도록 해야 할 것 같았다.

이야기는 그렇게 마무리되었다….